随身读经典

观 照 经 典 与 自 我

诗经 赏读

钱杭 ◎ 编著

上海社会科学院出版社

导　言

《诗经》是中国文学史上最早的一部诗歌总集,现存目311篇,因《南陔》《白华》《华黍》《由庚》《崇丘》《由仪》6篇有目无诗(有学者估计这6篇是有声无辞的"笙诗",相当于为"歌"作伴奏的"曲"),所以可实际阅读的诗数是305篇。大约到孔子生活的春秋后期,人们在研究和引用时就按成数略称为"《诗》三百"。《诗》被称为"经"大约是在战国后期,《庄子·天运》引孔子的话:"丘治《诗》《书》《礼》《乐》《易》《春秋》六经以为文。"至于它被纳入儒家经典范围而成为《诗经》的时间,则要迟至西汉以后。正式的著录见于东汉班固《汉书·艺文志》,所谓"《诗经》二十八卷"。

和儒家其他古老文献一样,"《诗》三百"也经历了秦火之劫,虽未导致消亡,几十年间的读者面却被大大压缩。汉朝建立后,读《诗》的人开始增多,各种读本不断涌现,出现了齐辕固、鲁申公、燕韩生三家今文《诗》和毛亨、毛苌古文《诗》四家并存的局面,传授三家今文《诗》有成就者还曾被朝廷列为学官。经过东汉前期今、古文两派斗争,古文经获胜。在郑玄等经学大师的提倡下,古文"毛诗"逐渐显赫,终于升登殿堂,成为标准读本,并且连同子夏《序》、郑玄《笺》一起,开启了《诗经》经学的建构历程。

收录在《诗经》中的305首诗都是周代作品,其年代范围最早的约为西周初年(约前10—前9世纪),最晚可至东周中叶(约前5—前4世纪），历时500多年；产生的地域，约在今陕西、山西、河南、河北、山东和湖北北部一带。诗的作者大多无法考知，只有《鄘风·载驰》等少数几首作品可根据诗文内证或一些同时代文献推测出作者的身份。

中华民族具有悠久的诗歌传统，口谚和神话不算，单就明确以文字记载的诗作来说，距今三四千年前的殷商甲骨卜辞已有了记录（如《甲骨文合集》第12870片的《今日雨》和《甲骨文合集》第36975片的《受年》）。进入周代，统治者更加重视这个传统，并在朝廷中专设了收集（称为"采诗"）、整理、加工、献陈、教授诗歌的官吏，这就把诗歌的抒情、叙事、娱乐、慰抚功能，上升到了政治、教育和外交的高度。初始形态的诗歌总集就是在这种背景下形成的，最初肯定不止305首。司马迁《史记·孔子世家》说"古者《诗》三千余篇"，经过长时间的筛选、积累，到了孔子时代，经他"去其重，取可施于礼义，上采契、后稷，中述殷、周之盛，至幽、厉之缺……三百五篇孔子皆弦歌之"，才基本定型。但这只是西汉人的说法，战国时儒家重要代表人物孟子、荀子等人就没有发表过类似意见。即便如此，孔子对《诗经》总集的结构进行了一定程度的加工处理是可以肯定的。

《诗经》中的风、雅、颂，是《诗经》编辑者根据诗歌的来源和它们的乐调特征进行的一个编制性分类。

风，包括《周南》《召南》（"二南"）和《邶风》《鄘风》等，共15组160篇，其创作基础是流传于15个地区的富有地方色彩的民歌，因以国分编，故称《国风》（又称"十五《国风》"。有关《国风》

各组篇目、年代和分布地域的简要情况,可参阅本书附录)。因为"风"兼有"风化""风刺""风俗"之义,所以研究者多视其为"民众文学"。《国风》诗的基本形式是一篇三章,每章四句,每句四字,大多韵味十足,声音短促,叠章复唱,亲切感人。

雅,分《小雅》《大雅》两组,合称"二雅",是位于秦地即今陕西地区的乐调,共105篇。其中《小雅》74篇,作于西周后期和东周初期;《大雅》31篇,大部分作于西周前期。"雅"都是在朝廷上由高官亲自演唱或领唱、督唱的诗歌,内容包括政治讽刺诗、史诗、祭祀诗、宴会贺诗等,所以也可称其为"朝廷文学",都是长篇大手笔。风、雅两类诗歌,构成了《诗经》的主体,《诗经》中一些最优秀、流传最广的作品,基本上都在风、雅类中。古代有些学者根据自己所定的标准,从风、雅265篇中,又划出一部分情绪忧愁、怨恨激烈的诗,称之为"变风""变雅",表现出了对《诗经》理解的深化和细化。

颂,分《周颂》《鲁颂》《商颂》三组,共40篇。其中《周颂》31篇,是西周初期作品,内容大多为歌颂周代统治者和先公先王的德行;《鲁颂》4篇,是春秋中叶鲁国贵族歌颂号称"中兴之君"、在位33年(前659—前627)的鲁僖公的诗;《商颂》5篇,是殷商贵族及其后裔祭祀先公先王的乐歌。颂类诗歌多在君王举行宗庙祭祀时演唱,所以是"庙堂文学",篇幅较长,节奏缓慢,类似娓娓道来的史诗和赞美诗,展演时还要用不分章节的歌声和乐曲来配合舞步。就艺术水准而言,颂类诗中只有几首可以和风、雅类诗媲美,大多数则受限于对历史过程和历史大势的铺陈,难以

— 3 —

表现出对鲜明特色的追求。

"《诗经》是古代传流下来的一个绝好宝贝"(傅斯年《泛论诗经学》),对中国古代诗歌发展史的贡献是巨大和多方面的。所谓"巨大",是指《诗经》这部集周代诗歌之大成的诗集,是周代以后中国古典诗歌创作灵感的基本来源之一,许多著名文学家和诗人,虽然在艺术风格和表达形式上有各不相同的追求,但都从《诗经》中汲取了无尽的营养。距离《诗经》时代最近的楚国大诗人屈原,就继承了《诗经》中风、雅类作品的现实主义传统,兼采楚语楚音和楚国民歌形式及浪漫主义色彩,创造了一种新的诗歌体裁《楚辞》。《诗经》中的杰作《国风》和《楚辞》中的杰作《离骚》,合称"风骚",筑成了中国古诗大厦的两块稳固基石。汉代以降,中国的诗坛上又相继竖立起汉代乐府、两汉古诗、汉魏"三曹"诗、唐宋律诗这样一座座不朽的里程碑。雕刻在里程碑上的那些伟大的文学家和诗人,对于《诗经》都有精深的修养,《诗经》给予他们的深刻影响,远远超过我们现在所能想象的程度。仅就其形似而言,像曹操那几首著名的短诗(如《龟虽寿》《短歌行》等)就是对《诗经·国风》传统的直接继承和发展。我们从李白慨叹"《大雅》久不作",杜甫提倡"别裁伪体亲风雅""词场继《国风》"中,更可以感受到这些伟大作家对《诗经》的推崇、模仿和热爱。

《诗经》对后世诗歌发展有多方面值得总结的贡献,其中最应注意的是诗歌表现的艺术手法和诗歌语言的修辞手法。

《周礼·春官·大师》对《诗经》艺术手法有所谓《诗经》"六

义"之说(即"大师教六诗,曰风曰赋曰比曰兴曰雅曰颂"的概括),其中的"风、雅、颂"三"义",如前所说是对《诗经》的编制性分类,而"赋、比、兴"三"义",则是诗歌艺术的表现手法。"赋"是平铺直叙之意,在《诗经》的雅、颂类作品中使用最多,技巧最成熟,十五《国风》中也不少。有全诗用赋的,如《邶风·击鼓》《邶风·静女》《豳风·七月》《豳风·东山》等;有全诗均用设问叙述的,如《卫风·河广》等。"比"是比喻之意,具体形式有明喻(《召南·野有死麕》的"有女如玉")、隐喻(《卫风·硕人》的"蝤首蛾眉")、借喻(《邶风·北风》的"莫赤匪狐")、博喻(《卫风·淇奥》的"如切如磋,如琢如磨")等。"兴"是起兴、发端之意。诗人被一种景物触动心中潜伏的本事或思想感情,从而咏出诗句。"兴"的运用有助于塑造诗中人物的形象,加强作品的思想感情;同时它还能用摹声、状物的叠词来调节诗歌的韵律,使朗诵的音节铿锵,和谐悦耳,更富抑扬顿挫的美感。《诗经》的这些表现手法,给后代诗文以深远的影响。比如"赋",就成为诗歌中最常用的手法之一,屈原的诗歌被后人称为赋、自叙传、抒情诗,宋玉有《风赋》《高唐赋》等。到了汉代,赋更发展为一种独立的体裁,辞藻华丽,容量巨大,开创了一代文风。魏晋的短赋,南北朝的骈赋,唐宋的律赋、文赋等,都与《诗经》赋类作品之间存有密切的渊源关系。《诗经》的比、兴,也为后代诗人广泛采用,成为古典诗歌创作的经典艺术手法。"比"最为常见,几乎无诗不比,无歌不比;"兴"因兼有"比"义,所以后来就与"比"一起联称为"比兴",成为一个完整的艺术范畴,其用法和功能都有了很大的发展。例如它已不包含"发端"之意,只有兼"比义"的"兴"才被称为"比兴",尤其是赋予"比兴"以遣兴寄托的意义后,作品的思想性、社会性、曲折性,就比《诗经》作品本身高出了一个层次,成为诗歌创作理论中形象思维与形象塑造的代称。传统的诗歌分类法中,所谓"咏史""游仙""咏物""艳情"等,正是在"比兴"的艺术原则指导下才成为创作的基本素材,这是比《诗经》有了极大进步的表现。然而,正是这种超越《诗经》的发展和进步,才从长时段的历史角度充分肯定了《诗经》艺术手法的草创之功。

《诗经》的语言修辞手法也色彩纷呈,主要有复叠、对偶、夸张、示现、呼告、设问、对比、借代、拟人、谐音、排比、垫衬、咏叹、悬想、变文、互词等,几乎包括了现代汉语修辞学所认识到的全部领域。尤其值得注意的是,《诗经》通过叠咏形式,将抒情内容与歌咏音乐进行的复杂结合,如两章对仗式联咏、多章递进式叠咏、隔章跳跃式叠咏、除首(尾)章外的余章叠咏等,不拘一格、富于想象。南朝刘勰《文心雕龙·物色》还专论《诗经》使用叠字达到的奇妙效果:"灼灼状桃花之鲜,依依尽杨柳之貌,杲杲为日出之容,瀌瀌拟雨雪之状,喈喈逐黄鸟之声,喓喓学草虫之韵……虽复思经千载,将何易夺?"

为了使读者能全面了解《诗经》的种类、风格和特色,笔者从《诗经》全部作品中,按风、雅、颂排列原序,挑选了91首具有代表性的优秀作品。挑选的标准,首先着眼于篇幅,其中既有《国风》中最短的《齐风·卢令》(24字)和整部《诗经》中最短的《周颂·维清》(18字),也有《国风》中最长的叙事体《豳风·七月》

(383字);其次是主题,包括了与爱恋、赞美、欢庆、离别、思乡、哀怨、感伤、讽刺、忧愤、感怀、悼亡有关的11类中短篇诗歌和最具代表性的长篇史诗。《诗经》的中短篇情诗本就数量多,质量高,向为选家所重,自然亦为笔者最关注者。这部分作品感情真挚,格调欢快,朗朗上口,富有浓厚的生活气息。赞美类诗歌,分别赞美猎手、母亲、君子、天子诸侯、美女和骏马,其中如《邶风·凯风》《卫风·硕人》《鲁颂·駉》等篇,属于中国同类赞美诗的开山之作,影响深远。欢庆类的每一首诗歌都称得上是文字优美的抒情曲,充满了迷人的魅力。感情深沉缠绵的离别类诗歌中,不少名句如"死生契阔""与子偕老"等,流传千古。思乡类作品表现了游子对家乡无限的热爱和深切的思念。哀怨类则表达了诗中人对不公正社会和悲惨命运的抗争。感伤类作品的内容是被负心男子抛弃的妇女充满伤感情绪的心声。讽刺类作品对当权者的荒淫腐化作了尖锐辛辣的揭露和嘲弄。忧愤类作品既有忧国忧民之心的写照,又有对黑暗政治的控诉和反抗,其中创作了《鄘风·载驰》的作者许穆夫人,是《诗经》中少数几位身份可得确认的作者之一,也许还是世界上最早、最杰出的女诗人之一。感怀类作品表达了诗人对人生哲理的深入思考。悼亡类作品是《诗经》中著名的悼念亡夫、父母、贤人的代表作。史诗类中既有周代最完整的长篇农事诗,又有歌颂周族始祖创业和周先王武功的长篇叙事诗。

编写这本读本是为了综合展示《诗经》的主要成就,对收录的每一首作品,都作了详细的注释和今译。《诗经》以四言诗为主,今译则采取以七言为主的形式,间或也有些自由的处理。译文的原则是直译,在可能的情况下,尽量保持韵脚的整齐。在解说中,笔者简略介绍该诗的中心大意、主要方法、层次结构、感情脉络及历史影响,同时适当介绍一些需要读者了解的背景知识。

对于《诗经》这样一个传诵千年、流芳百世的民族艺术宝库,要想通过选择百首左右规模来概括是不可能的,因此只能是一个轮廓性介绍。所释所译所解虽参考了各家著述,尤其看重宋朝朱熹的《诗集传》(傅斯年称赞这部书是"文公在经学上最大一个贡献")、清朝姚际恒的《诗经通论》和当代程俊英的《诗经注析》,但基本观点仍属选编者的一家之言,距离周到完美一定很远。特此说明,希望得到读者的批评和指正。

钱 杭

2024 年 3 月

目　录

国风

周南

关雎 …………… 3
卷耳 …………… 6
樛木 …………… 8
桃夭 …………… 9
兔罝 …………… 12
汉广 …………… 14
汝坟 …………… 16

召南

草虫 …………… 18
行露 …………… 20
摽有梅 ………… 22
江有汜 ………… 24
野有死麕 ……… 26

邶风

柏舟 …………… 28

燕燕 …………… 30
终风 …………… 33
击鼓 …………… 35
凯风 …………… 37
匏有苦叶 ……… 39
谷风 …………… 42
式微 …………… 45
旄丘 …………… 46
泉水 …………… 48
北风 …………… 50
静女 …………… 52
二子乘舟 ……… 54

鄘风

墙有茨 ………… 56
桑中 …………… 58
鹑之奔奔 ……… 60
相鼠 …………… 62
载驰 …………… 63

卫风

淇奥 …………… 67

硕人 …………… 69

氓 …………… 72

河广 …………… 75

伯兮 …………… 77

木瓜 …………… 79

王风

黍离 …………… 82

君子于役 …………… 85

葛藟 …………… 87

采葛 …………… 89

大车 …………… 90

郑风

将仲子 …………… 93

叔于田 …………… 95

女曰鸡鸣 …………… 96

有女同车 …………… 98

山有扶苏 …………… 101

狡童 …………… 102

溱洧 …………… 104

齐风

鸡鸣 …………… 107

东方未明 …………… 108

卢令 …………… 111

敝笱 …………… 113

猗嗟 …………… 115

魏风

陟岵 …………… 118

伐檀 …………… 119

唐风

蟋蟀 …………… 123

山有枢 …………… 126

绸缪 …………… 129

葛生 …………… 131

秦风

蒹葭 …………… 134

黄鸟 …………… 137

陈风

衡门 …………… 140

月出 …………… 142

泽陂 …………… 143

桧风

素冠 …………… 146

隰有苌楚 …………… 148

曹风

蜉蝣 …………… 150

鸤鸠 …………… 152

豳风

七月 …… 154
鸱鸮 …… 167
东山 …… 169

雅

小雅

四牡 …… 177
采薇 …… 180
车攻 …… 184
鹤鸣 …… 187
无羊 …… 190
小旻 …… 192
小弁 …… 196
谷风 …… 200
蓼莪 …… 202
大东 …… 205
宾之初筵 …… 208
苕之华 …… 211

大雅

大明 …… 214

生民 …… 218
常武 …… 225

颂

周颂

清庙 …… 231
维清 …… 232
潜 …… 234

鲁颂

駉 …… 236

商颂

玄鸟 …… 239

附录

《国风》篇目、年代、地域
　简介 …… 245

后记 …… 249

国风

周　南

关　雎①

关关雎鸠②，在河之洲③。窈窕淑女④，君子好逑⑤。

参差荇菜⑥，左右流之⑦。窈窕淑女，寤寐求之⑧。求之不得，寤寐思服⑨。悠哉悠哉⑩，辗转反侧。

参差荇菜，左右采之。窈窕淑女，琴瑟友之⑪。参差荇菜，左右芼之⑫。窈窕淑女，钟鼓乐之。

注释

①　关雎：篇名。《诗经》除了《小雅》中《雨无正》《小旻》《小宛》等几首外，大部分诗的篇名都取自首句文字（大多为两个字）。　②　关关：雌雄水鸟的交互和鸣之声。雎鸠：一种水鸟，又名鸬鹚、鱼鹰，朱熹称其"生有定偶，而不相乱；偶常并游，而不相狎"。　③　洲：河中沙洲。　④　窈窕：内心外表都纯洁美丽。淑：善良。　⑤　君子：周代对贵族男子的称谓，《诗经》中也常用以泛指青年男子。好逑：理想配偶，即佳偶。　⑥　参差：长短不

參差荇菜

齐。荇菜：一种在浅水中生长的植物，形似莼菜，可以食用。
⑦ 流：顺水势采摘。　⑧ 寤：同"晤"，睡醒。寐：同"昧"，睡着。
⑨ 思服：同义复词，意为思念、牵挂。　⑩ 悠哉：思念深长状。
⑪ 琴瑟：古乐器，七弦为琴，二十五弦为瑟。　⑫ 芼(mào)：《尔雅》释"芼"为"搴"，拔取之意。

译文

雎鸠关关在歌唱，在那河中沙洲上。善良美丽好姑娘，小伙理想的对象。

长长短短鲜荇菜，顺流两边去采收。善良美丽好姑娘，白天黑夜想追求。追求没能如心愿，朝思暮想在思念。长夜漫漫不断想，翻来覆去难入眠。

长长短短鲜荇菜，左右两手去采摘。善良美丽好姑娘，我弹琴瑟表心爱。长长短短鲜荇菜，两边仔细来挑选。善良美丽好姑娘，鼓乐声中展笑颜。

解读

这是一首著名的爱情恋歌，正如孔子所说"乐而不淫，哀而不伤"(《论语·八佾》)，恰如其分地描写了一位痴情小伙对心上人难以排遣的执着追求。全诗韵律和谐悦耳，配乐美妙，既有双声、叠韵，还有"左右流之……寤寐求之"中"之"字脚富韵，加上对后世七律、七绝影响最大的首句韵式，使得本篇堪称中国古代韵律诗的开山之作。汉代《韩诗外传》借孔子之口，对《关雎》作了高度评价："《关雎》至矣乎！夫《关雎》之人，仰则天，俯则地，幽幽冥冥，德之所藏，纷纷沸沸，道之所行，如神龙变化，斐斐文章。大哉《关雎》之道也!"

诗中许多句子已传诵千古,如"窈窕淑女""辗转反侧",唐代诗人白居易《长恨歌》"孤灯挑尽难成眠",元代杂剧家乔吉《蟾宫曲·寄远》"饭不沾匙,睡如翻饼",都是直接从这里化出的名句。

卷　耳

采采卷耳①,不盈顷筐②。嗟我怀人,寘彼周行③。

陟彼崔嵬④,我马虺隤⑤。我姑酌彼金罍⑥,维以不永怀⑦。

陟彼高冈,我马玄黄⑧。我姑酌彼兕觥⑨,维以不永伤⑩。

陟彼砠矣⑪,我马瘏矣⑫,我仆痡矣⑬,云何吁矣⑭。

注　释

①采采:采了又采。卷耳:一种菊科植物,又名苍耳,果实可食,也可入药。　②顷筐:斜口浅筐,类似畚箕。　③寘:"置"的异体字,放下。周行(háng):往周国去的大道。　④陟:攀登。崔嵬:高峭的山顶。　⑤虺隤(huī tuí):腿力疲软,已呈病态。　⑥姑:姑且。金罍:青铜酒器,刻云雷花纹。　⑦维:

句首发语词。以：借此。永：长。怀：思念。　⑧ 玄黄：病马毛色呈黑黄。　⑨ 兕觥(sì gōng)：用刻木或犀牛角制成的大酒杯。　⑩ 伤：忧思。　⑪ 砠(jū)：多土石山。　⑫ 瘏(tú)：病，比喻病马不能前行。　⑬ 仆：车夫，或仆人。痡(pū)：疲劳而不能前行。　⑭ 云：语助词。何：何等。吁：忧愁。

译文

采卷耳，采卷耳，采来不满一小筐。心上人，牵我情，筐儿放在大路旁。

登上高高石山顶，我马四蹄已发软。先喝一口铜壶酒，排遣心中长思念。

登上那座高山冈，我马眼睛也发黄。权且斟满牛角杯，不能老是心悲伤。

登上那座小石山，我的马儿早累瘫。伙伴也已走不动，叫我如何不伤感。

解读

这是一首描写夫妻别离后相思相忆之情的诗，全诗弥漫伤感的情绪。妻子因思念远行的丈夫而心不在焉，采半天卷耳不满一筐，甚至将其遗忘路旁。这时丈夫也在翻山越岭，马腿累软，马眼累黄，同伴累垮。一句"云何吁矣"，与妻子的魂不守舍正相呼应，产生了强烈的艺术效果。

本诗选字含义精深。"嗟我"之"我"是妻子自称，"我马""我仆""我酌"之"我"，是丈夫自称。男女同时出现，又都用第一人称，实现了空间跳跃和场景变换。而"彼崔嵬""彼高冈""彼砠"

— 7 —

三个"彼"字,又把远景转换成了近景。这种来去交融、远近交错的手法,使得本诗的意境显得非常深远,内涵也非常充实。杜甫《九日寄岑参》中的"采采黄金花,何由满衣袖",其境界的渊源可溯至本诗。

樛　木

南有樛木①,葛藟累之②。乐只君子③,福履绥之④。

南有樛木,葛藟荒之⑤。乐只君子,福履将之⑥。

南有樛木,葛藟萦之⑦。乐只君子,福履成之。

注释

①南:位于南郡、南阳之间的南方。樛(jiū)木:弯曲的树枝。　②葛藟(lěi):野葡萄之类的蔓生植物,形似葛藤。累:攀缘。　③只:句中语助词。　④福履:福禄、幸福。绥:车中的绳索,这里引申为平安。　⑤荒:掩盖。　⑥将:扶助。　⑦萦:旋绕。

译文

南山弯弯树枝丫,葛藤重重缠住它。欢天喜地小伙子,上天降福赐予他。

南山弯弯树枝丫,葛藤密密遮盖它。欢天喜地小伙子,上天降福保佑他。

南山弯弯树枝丫,葛藤紧紧环绕它。欢天喜地小伙子,上天降福成全他。

解读

这首诗的主题是祝福"君子"安康幸福。诗中的"樛木"是指朝下弯曲生长的树木,用来比喻一位终生辛劳、弯腰曲背的农人。这位农人肩负着千斤担,艰难地奋斗在风雨中。作品笔力凝重,感情深沉,细细揣摩后不禁会产生沉重感。然而,诗的主旨却是乐观的,相信上天最终会保佑着勤劳的农民,使他获得幸福和荣誉。全诗三章,每章的文字大致相同,只有最主要的两个动词发生变化。这种以递进反复句形式反复咏叹的诗歌,表现了一种朴素和执着的情绪,多见于原始歌谣。东汉班固在《幽通赋》中,专门提到"葛绵绵于樛木兮,咏南风以为绥",看得出深受此诗的影响。王安石《示安大师》"踞堂俯视何所有,窈窕樛木垂椇楂"展示的灵感,就更是得自《樛木》了。

桃　　夭

桃之夭夭①,灼灼其华②。之子于归③,宜其室家④。

桃之夭夭,有蕡其实⑤。之子于归,宜其

家室。

桃之夭夭,其叶蓁蓁⑥。之子于归,宜其家人。

注释
① 夭夭:花朵怒放状。　② 灼灼:盛开的花朵色彩鲜艳如火。华:同"花"。　③ 之子:这位姑娘,指新娘。于:同"曰",语助词。归:姑娘出嫁。古代把丈夫家看作女子的归宿,故称出嫁为"归"。　④ 宜:和顺、亲善。室家:配偶、夫妻。　⑤ 有:用于形容词之前的语助词。蕡(fén):肥大。　⑥ 蓁(zhēn)蓁:枝叶茂盛状。

译文
桃花怒放千万朵,色彩鲜艳红似火。那位姑娘要出嫁,夫妻生活真快活。

桃花怒放千万朵,果实累累大又多。那位姑娘要出嫁,家庭生活真快活。

桃花怒放千万朵,绿叶茂盛永不落。那位姑娘要出嫁,全家生活多快活。

解读
这是一首祝贺姑娘出嫁后生活美满、多子多孙、阖家幸福的喜庆诗。第一章以桃花盛开一片火红喻新娘将喜庆带到了夫家,第二章以桃树果实累累喻姑娘婚后子嗣兴旺,第三章以红花绿叶相扶相助喻姑娘婚后家庭和睦。全诗音节优美,和谐悦耳。

"桃之夭夭,灼灼其华",相连的两个叠词,引起一种音响抑扬的美感,使人如闻其声,如见其形。

诗人用桃树上的花、果、叶三种不同的东西,来象征一场美满的婚姻,把人们理想中的大喜事渲染得有声有色。诗的形象思维也非常生动。"桃之夭夭"中的"夭",其实就是"笑",唐代李商隐《即目》诗的"夭桃唯是笑,舞蝶不空飞",就是对这句诗最好的解释。

兔　　罝

　　肃肃兔罝①,椓之丁丁②。赳赳武夫,公侯干城③。

　　肃肃兔罝,施于中逵④。赳赳武夫,公侯好仇⑤。

　　肃肃兔罝,施于中林⑥。赳赳武夫,公侯腹心⑦。

注 释

① 肃肃:繁密整齐状,又可解释为收紧,同"缩"。兔罝(jū):捕兔网。　② 椓(zhuó):敲打系兔网的木桩。丁:同"铮",敲木声。　③ 公侯:泛指周代贵族。干城:屏障,比喻能抵御入侵的能人。　④ 中逵:纵横交错的道路的中心。"逵",同"馗"。

⑤ 仇:同"俦",伙伴。　⑥ 中林:树林之中。　⑦ 腹心:心腹,忠诚的亲信。

译文

整齐细密捕兔网,咚咚打桩布置忙。武士英姿雄赳赳,公侯身边好屏障。

整齐细密捕兔网,多叉路口要装上。武士英姿雄赳赳,公侯身边好搭档。

整齐细密捕兔网,用它围住林中央。武士英姿雄赳赳,公侯身边尽忠良。

解读

这是一首赞美猎人的诗。诗人好像是忠于王朝的谋士,他去野外巡视时,看见一群英姿威武的猎人,正在林中一个多叉路口打桩张网,准备捕捉野兔,于是就联想到可以从中选拔保卫公侯的卫士。全诗用了三个很有特色的叠词形容词。"肃肃"表现了一种严谨周密、略带杀气的状态,比用"密密""层层"等真切和形象,显示出猎手急于成功的心情。"丁丁"是带有金属共鸣声的象声词,刚脆硬朗,很有力度,显示出猎手具有强壮的体魄。"赳赳"传递了武士气宇轩昂、威武雄壮的神韵。三个词内涵丰富,意境深远。从唐代赵自励《出师赋》的"桓桓大将,黄石老之兵符;赳赳武夫,白猿公之剑术",以及现代人们熟悉的"雄赳赳气昂昂"中,我们都可以找到《兔罝》诗的影子。

汉　广

南有乔木,不可休思①。汉有游女②,不可求思。汉之广矣,不可泳思。江之永矣③,不可方思④。

翘翘错薪⑤,言刈其楚⑥。之子于归⑦,言秣其马⑧。汉之广矣,不可泳思。江之永矣,不可方思。

翘翘错薪,言刈其蒌⑨。之子于归。言秣其驹⑩。汉之广矣,不可泳思。江之永矣,不可方思。

注释

① 思:语末助词,与"矣""也"等相似。　② 汉:汉水,源出陕西西南,东流至湖北汉阳入长江的一条大河。游女:传说中的汉水女神。　③ 江:长江。永:长。　④ 方:同"舫",用竹木编成的渡筏,这里用作动词"渡"。　⑤ 翘翘:高扬状。错:交错、杂乱众多。薪:柴草。　⑥ 言:语助词。刈:割。楚:荆条,嫩叶可喂马。　⑦ 之子于归:参见《桃夭》篇注③。　⑧ 秣:用饲料喂牲口。　⑨ 蒌(lóu):又名蒌蒿,水生植物。　⑩ 驹:六尺以下、五尺以上的高大马匹。

译　文

南方有树高又高,无法依靠来休息。汉水边上戏水女,可望但却不可及。汉水又宽浪又急,下水游泳过不去。长江又宽水又深,放下小船也无济。

杂乱茅草长得高,挥起刀儿割荆条。那位姑娘要出嫁,喂饱马儿去接她。汉水又宽浪又急,下水游泳过不去。长江又宽水又深,放下小船也无济。

杂乱茅草长得高,挥起刀儿割蒌蒿。那位姑娘要出嫁,喂饱马儿去接她。汉水又宽浪又急,下水游泳过不去。长江又宽水又深,放下小船也无济。

解　读

这是一首民间情歌。一位男子爱慕汉水边戏水的女郎,但因长江阻隔而不得前去。每章末尾都重复同样的四句,类似副歌。这种一唱三叹的叠章,有效地加强了感情色彩,令听者对他的失望产生共鸣和同情,成为屈原创造《楚辞》的直接灵感,并被称为《楚辞》的初始形式。《诗经》中的民歌多半来自人们的口头歌唱,借助声音的繁复、语调的和谐来增强诗的音乐性,形成"行歌互答"的效果。

这首诗的背景很可能与神话有关。据西汉刘向《列仙传》,汉水女神有两个女儿,路遇青年郑交甫。郑见二女"丽服华装,佩两明珠,大如鸡卵",欣羡喜爱,请求赠佩,二女遂解下赠送。郑"受而怀之,即趋而去",走了十几步,想拿出赏玩,不料"空怀无佩",待回头寻找,二女也"忽然不见",这才明白她们原为仙女,世间凡人"凭情言私,鸣佩虚掷,绝影焉追"。所谓"汉有游女,不可求思",或由此而言。

汝　　坟

遵彼汝坟①,伐其条枚②。未见君子,惄如调饥③。

遵彼汝坟,伐其条肄④。既见君子,不我遐弃⑤。

鲂鱼赪尾⑥,王室如毁⑦。虽则如毁,父母孔迩⑧。

注释

① 遵:沿着。汝:汝水,在今河南临汝、新蔡一带。坟:堤岸。　② 条:树枝。枚:树干。　③ 惄(nì):思念发愁。调:同"朝"。　④ 肄(yì):砍了又生出的小树枝。　⑤ 遐弃:疏远遗弃。　⑥ 鲂:鱼名,又称鳊鱼。赪(chēng):浅红色。　⑦ 毁:烈火,比喻虐政。　⑧ 孔:很。迩:近。

译文

沿着汝堤慢慢走,边走边砍小枝条。没有见到夫君面,愁如晨间饥难熬。

沿着汝堤慢慢走,边走边砍嫩枝条。已经见到夫君面,没有负心把我抛。

鲂鱼尾巴红闪闪,官家虐政如火烧。虽然虐政如火烧,父母很近莫忘掉。

解读

这是一首妻子想念在外服役的丈夫的诗。第一章用写实手法,诉说了妻子对丈夫的盼望;第二章用象征想象,将思夫情绪进一步渲染;第三章睹物思人,既揭示了丈夫远行的政治原因,又暗念丈夫,盼他快快回家。凡以思亲为主题的诗歌,一般都具有这种时空交叉、微妙暗示的特点。

本诗成功塑造了一个坚强、温柔又充满忧伤的妻子形象。"未见君子,惄如调饥"的比喻最妙。郑玄《毛诗笺》注"调饥":"如朝饥之思食。"后人常将爱情与饥饿相提并论。曹植《洛神赋》有"华容婀娜,令我忘餐";沈约《六忆诗》有"相看常不足,相见乃忘饥";旧小说中也常常形容某女风韵独好,"秀色可餐"。这些作者在遣词造句时很可能受到了《汝坟》的启发,才会将食、色两者这么巧妙地联系起来。

召 南

草 虫

喓喓草虫①,趯趯阜螽②。未见君子,忧心忡忡③。亦既见止④,亦既觏止⑤,我心则降⑥。

陟彼南山,言采其蕨⑦。未见君子,忧心惙惙⑧。亦既见止,亦既觏止,我心则说⑨。

陟彼南山,言采其薇⑩。未见君子,我心伤悲。亦既见止,亦既觏止,我心则夷⑪。

注 释

① 喓(yāo)喓:虫叫声。草虫:指蝈蝈。 ② 趯(tì)趯:虫跳状。阜螽(zhōng):蚱蜢。 ③ 忡忡:心神不安状。 ④ 止:同"之",指示代词,指"君子"。 ⑤ 觏(gòu):相遇。 ⑥ 降:放下。 ⑦ 蕨:山菜,可食。 ⑧ 惙(chuò)惙:心慌气短状。 ⑨ 说:同"悦"。 ⑩ 薇:山菜,野豌豆苗,可食。 ⑪ 夷:平。

译 文

蝈蝈叫起嘤嘤嘤,蚱蜢蹦起跳跳跳。没有见到夫君面,忧思愁绪心烦躁。等到与君相见时,等到与君相会时,心中安稳不焦躁。

喓喓草蟲

攀上南面那座山，我去采摘鲜蕨菜。没有见到夫君面，心中忧愁不安宁。等到与君相见时，等到与君相会时，心中舒畅又欢欣。

攀上南面那座山，我去采摘鲜薇菜。没有见到夫君面，满腹凄苦心悲伤。等到与君相见时，等到与君相会时，终于平静又安详。

解读

这是一首用比兴手法和复笔重叠手法，深刻表达妻子对丈夫深情的诗。全诗各章都先通过形象比喻，写出主人公内心的忧愁，再写相见相会后的喜悦，丰满表现了感情宣泄的层次性。第一章以草虫叫、阜螽跳的欢快景象，突出主人公在心理上的失落。"喓喓""趯趯"，既形声又写意，暗示了美满的夫妻生活。第二章以独自南山采蕨，映衬了主人公独守的寂寞。第三章又以南山采薇，再次强调了主人公的孤独和焦虑。"忧心忡忡""忧心惙惙""我心伤悲"，就反映了这三个不断深入的心理过程。该诗对后世影响深远，如南梁刘孝标《广绝交论》即有"夫草虫鸣则阜螽跃，雕虎啸而清风起"之句。清代王夫之《姜斋诗话》也充分肯定了该诗"以乐景写哀，以哀景写乐"的艺术手法。

行　　露

厌浥行露①，岂不夙夜②，谓行多露③。

谁谓雀无角④？何以穿我屋？谁谓女无

家⑤？何以速我狱⑥？虽速我狱，室家不足⑦！

谁谓鼠无牙？何以穿我墉⑧？谁谓女无家？何以速我讼⑨？虽速我讼，亦不女从⑩！

注释

① 厌浥：露水潮湿状。行：道路。　② 夙夜：天未亮时，凌晨。　③ 谓：同"畏"。露：比喻强暴的男子。　④ 角：角质的鸟喙。　⑤ 女：同"汝"。　⑥ 速：招致。　⑦ 室家：指结婚，男子有妻称"有室"，女子有夫称"有家"。　⑧ 墉（yōng）：墙。　⑨ 讼：诉讼。　⑩ 女从：倒文，即从汝。

译文

道上露水湿漉漉，不是凌晨怕赶路，实因道上太多露。

谁说雀儿没尖嘴，用何啄穿我的屋？谁说你没成过亲，为何关我进牢狱？虽然关我进牢狱，不能逼我嫁给你。

谁说老鼠没有牙，用何穿透我的墙？谁说你没成过亲，为何推我上公堂？虽然推我上公堂，我也不会屈从你！

解读

这首诗表现了一位不畏强暴、维护尊严的妇女。第一章与第二、第三章的格式、句法不同，是"序言"式写法。"谁谓雀无角""谁谓鼠无牙""谁谓女无家"，是蕴含强烈感情力度的"反词质问"，实际意思是肯定"雀有角""鼠有牙""女有家"，充分表达了主人公的愤怒控诉。据刘向《列女传》记载，该诗源于一位申地女子的抗婚故事。申女与酆人之子订婚，但成婚时，酆人却没有按娶妻规格前来迎亲。申女大怒,她对鄅家人表示:"夫家轻礼违制,不可以行。"鄅人强势,诉诸法律,"讼之于理,致之于狱"。但申女坚持原则,不肯屈服,"女终以一物不具、一礼不备,守节持义,必死不往"。后人高度评价这位女子的见识和勇气,并通过诗歌把她的形象流传了下来。

摽有梅

摽有梅①,其实七兮②。求我庶士③,迨其吉兮④。

摽有梅,其实三兮。求我庶士,迨其今兮⑤。

摽有梅,顷筐塈之⑥。求我庶士,迨其谓之⑦。

注释

① 摽(biào):落。有:词头虚词,若"有周""有汉"。梅:酸梅。 ② 实:梅树果实。 ③ 庶:众。士:未婚男子。 ④ 迨:及,趁着。吉:好日子。 ⑤ 今:现在。 ⑥ 顷筐:扁筐,畚箕。塈(jì):取。 ⑦ 谓:同"会",男女相会。

译文

梅子成熟落下地,树上还有七成多呀。追求我的小伙子,应该抓住好时机呀。

標有梅

梅子成熟落下地,树上只剩三成多呀。追求我的小伙子,趁着今儿定婚期。

梅子成熟落下地,端着扁筐来收集呀。追求我的小伙子,趁此机会来相见啊。

解读

这是一位姑娘唱出的求偶情歌。在古代,梅与女性关系至深。梅、每、母,三字同源。梅树由盛而衰,梅子由密而疏,引动姑娘对青春短暂、时光易逝的感慨。全诗以梅树由盛而衰、果实由密而疏的自然变化为线索,有层次地牵动主人公的感受,逐渐由从容相待到急切敦促,再到迫不及待,深刻描绘了一位直率真诚、对爱情充满渴望的女性形象。对"兮"型语气词的使用,也使本诗成为屈原《楚辞》的初始形式之一。

这首诗与前面的《草虫》,在描写人的内心层次变化上属于同一类型,即重章复叠式的循序渐进。诗句选词精练,意味深长。李白的"君不见高堂明镜悲白发,朝如青丝暮成雪",汤显祖的"红颜变为白发,美少年化为鸡皮老翁,感慨系之矣"等,都是由此诗演化而来的名句。

江 有 汜

江有汜①,之子归,不我以②。不我以,其后也悔。

江有渚③,之子归,不我与④。不我与,其

后也处⑤。

江有沱⑥,之子归,不我过⑦。不我过,其啸也歌⑧。

注释

① 江:比喻丈夫。汜(sì):支流,比喻丈夫的新欢。 ② 以:用。"不我以"为倒装句,即不要我了。 ③ 渚:水中小块陆地。 ④ 与:同、偕。"不我与",不和我一起。 ⑤ 处:忧虑、苦恼。 ⑥ 沱:沱江,长江支流,在今四川省内,比喻分岔。 ⑦ 过:到。"不我过",不到我这边来。 ⑧ 啸也歌:边哭边唱。啸,伤感状。

译文

大江上有小支流,新人嫁来舍旧人。如果你真不要我,你的懊悔在后头。

大江上有小沙洲,新人进门丢旧人。如果你真离开我,你的苦恼在后头。

大江上有小分岔,新人娶进远旧人。如果你真不理我,你会哭着再来求。

解读

这是一首被遗弃妇女抒发怨愤心情的诗。全诗三章,每章五句,第三、第四句是用了叠句形式的核心句,增加了诗篇的音乐美,给人以深刻的印象。

如果把婚姻比作大江,一旦江中出现支流,则意味着关系出现裂痕。江之"有汜""有渚""有沱"的象征意义正在于此。后面"不我以。不我以""不我与。不我与""不我过。不我过"三个叠句,则强烈表达了女子内心的怨艾悲愤。怨艾悲愤并没有阻止女子的反抗。她在控诉之余,竟断言负心人总有后悔的一天。这一别出心裁的情绪表达颇出人意料。

研究者对本诗的情感类型有不同意见。《诗序》说是"勤而无怨";王先谦认为是"怨而不怨",诗中"其后也悔"云云,仍显示了善意;有人则认为是哀诉悲愤。总之悲、怨、不满是作品的主要特征。

野 有 死 麇

野有死麇①,白茅包之。有女怀春②,吉士诱之③。

林有朴樕④,野有死鹿。白茅纯束⑤,有女如玉。

"舒而脱脱兮⑥,无感我帨兮⑦,无使尨也吠⑧。"

注 释

① 野:郊外。麇(jūn):小獐,鹿类动物。　② 怀春:萌动求偶的情欲。　③ 吉士:好小伙,指青年猎手。诱:挑拨,追求。　④ 朴樕(sù):一种矮小灌木,可作燃料。　⑤ 纯束:捆扎。

⑥舒而:缓慢。脱(tuì)脱:舒缓状。　⑦感:同"撼",触碰。帨(shuì):佩巾,围裙。　⑧尨(máng):长毛猛犬。

译文

野外有头小死獐,已用白茅捆扎上。少女春心早萌动,英俊猎手想姑娘。

树林里的灌木丛,小鹿倒毙在那里。白茅捆扎当礼物,少女如玉多美丽。

"轻轻慢慢别着急,不要拉动我围裙,别惹大狗叫不停!"

解读

这首诗用"赋"法描写了一对密林幽会的恋爱男女。全诗故事完整,先写年轻猎手猎获獐鹿,次写与少女相会,赠送用白茅捆扎的猎物,再写少女半推半就,与猎手窃窃私语。"舒而脱脱兮,无感我帨兮"两句中的"兮"字,属句末式,其语法原理,就如清代学者顾炎武在《诗本音·大雅》中所说:"凡诗人之句,如意尽而文不足,则加一'兮'字。"除本诗外,《魏风·伐檀》"坎坎伐檀兮,寘之河之干兮"的"兮"字用法与此相同。类似这种"句之余"的"语助之辞"在《诗经》中还有"之、也、矣、思"等。

本诗三章紧密相连,情态逼真。"有女怀春"一句,显示了少女的多情,流传千古。最富戏剧性的情节还是第三章那三句意味无穷的情话,萌动了春心的少女答应了猎手的求爱,但十分谨慎,情动中不忘提醒小伙动作要舒缓,以免身边的长毛大狗乱叫。后世描写男女幽会的作品中也有类似意境。如明代诗人高启《宫女图》就有"小犬隔花空吠影,夜深宫禁有谁来"之句。

邶　风

柏　舟

泛彼柏舟①,亦泛其流。耿耿不寐②,如有隐忧③。微我无酒④,以敖以游⑤。

我心匪鉴⑥,不可以茹⑦。亦有兄弟,不可以据⑧。薄言往诉⑨,逢彼之怒。

我心匪石,不可转也。我心匪席,不可卷也。威仪棣棣⑩,不可选也⑪。

忧心悄悄⑫,愠于群小⑬。觏闵既多⑭,受侮不少。静言思之,寤辟有摽⑮。

日居月诸⑯,胡迭而微⑰?心之忧矣,如匪浣衣⑱。静言思之,不能奋飞。

注 释

① 泛彼:漂浮状。柏舟:用柏木制成的船。　② 耿耿:焦灼不安状。　③ 如:同"而"。隐忧:难言之忧愁。　④ 微:不是。　⑤ 敖:同"遨",乘酒兴游玩。　⑥ 匪:不是。鉴:青铜圆镜。　⑦ 茹:含在嘴里,包容。　⑧ 据:依靠。　⑨ 诉:诉苦。　⑩ 棣棣:悠闲自得状。　⑪ 选:同"逊",退让。　⑫ 悄悄:愁苦状。

⑬愠：怨恨。群小：一群小人。 ⑭觏(gòu)：遭遇。闵：指中伤陷害。 ⑮寤：睡醒。辟：手抚胸口。摽：拍胸状。 ⑯居、诸：语助词，同"乎""啊"。 ⑰迭：更迭。微：昏暗不明。 ⑱匪浣衣：未洗的脏衣。

译文

浮起那艘柏木舟，顺着河流到处游。心烦意乱不能眠，隐隐忧虑在心头。不是我家无酒喝，只是随意到处走。

我心不是青铜镜，难把善恶都包容。我家也有亲兄弟，却难依靠来讲理。我到那里去诉苦，他们正在发脾气。

我心不是石头块，不能随意转起来。我心不是那草席，不能随便卷起来。外表威严又庄重，不能退让任人欺。

忧心忡忡愁思重，常遭那群小人忌。横遭陷害已多次，无端羞辱也不少。静下心来想一想，睡醒搔胸恨难消。

天上太阳和月亮，为何昏暗没光芒？心中忧愁排不尽，就像穿了脏衣裳。静下心来想一想，无法展翅飞远方。

解读

这是一位饱受折磨的女子抒发心中忧愤的怨歌。首句以柏舟随波逐流起兴，说明此时心绪万千。从第三句开始，全部为辗转反侧、夜不能寐时的内心咏叹。全诗虽然情绪比较低沉，但女子刚强的性格，则足以引起读者的钦佩。

第二章"我心匪鉴，不可以茹"，第三章"我心匪石，不可转也""我心匪席，不可卷也"，最生动集中地表现了少妇的性格特征。"鉴"指青铜镜，既可洞察，又能包容，而少妇则坚强有余，豁达不足。之所以会如此,也许是因为她在实际生活中遇到了巨大创伤。"觏闵既多,受侮不少",说明其处境已非一般的家庭纠纷,而是杀机重重了。于是,难觅解脱途径的她,只能扼腕长叹,呼唤着日月,责问它们为何不大放光芒,来照亮她凄惨的生活。

燕　燕

燕燕于飞①,差池其羽②。之子于归,远送于野③。瞻望弗及④,泣涕如雨。

燕燕于飞,颉之颃之⑤。之子于归,远于将之⑥。瞻望弗及,伫立以泣⑦。

燕燕于飞,下上其音。之子于归,远送于南⑧。瞻望弗及,实劳我心。

仲氏任只⑨,其心塞渊⑩。终温且惠⑪,淑慎其身⑫。先君之思,以勖寡人⑬。

注释

① 燕燕:成对的燕子。于:助词。　②差池:长短不齐,同"参差"。　③于:前往。野:郊野。　④瞻望:目送远去。弗及:目力所不及。　⑤颉(xié):飞而上。颃(háng):飞而下。　⑥将:送。这句是倒文,即"将之于远"。　⑦伫立:长久站立。　⑧南:城外南郊。　⑨仲氏:排行第二的男女,这里指作者之

燕燕于飛

妹。任:善者,或可信任者。只:语助词。　⑩ 塞:诚实、充实。渊:深厚、忠厚。　⑪ 终:既。　⑫ 淑:善、好。　⑬ 勖(xù):勉励。寡人:寡德之人,男子自谦。

译文

成双成对燕儿飞,参差不齐展翅膀。这位姑娘要出嫁,送到郊外远地方。遥望身影渐消失,伤心哭啼泪汪汪。

成双成对燕儿飞,上下飞舞紧相随。这位姑娘要出嫁,送至远方很难回。遥望身影渐消失,站立流淌伤心泪。

成双成对燕儿飞,忽低忽高音婉转。这位姑娘要出嫁,送别直至城郊南。遥望身影渐消失,苦苦思念我心酸。

二妹为人可信任,心地诚实又厚道。性格温柔又和顺,善良谨慎守贞操。不忘先父恩与爱,与我互勉相忠告。

解读

这首诗写兄长挥泪送妹远嫁。全诗四章。前三章通过双燕各种飞姿和欢快鸣叫,喻兄妹间的亲密情感。第四章颂扬姑娘优良品行,同时与妹互勉,相约不负先父期待。"泣涕如雨""伫立以泣""实劳我心"反映了程度不同的感情阶段。第一句属大哭式的发泄阶段,第二句属抽泣式的伤感阶段,第三句属无泪式的伤心阶段。兄妹之情能有如此深刻动人的描写,在古今诗歌中实不多见。

诗中影响最为深远的,是"瞻望弗及"一句,宋朝许顗《彦周诗话》中有"此真可泣鬼神矣",清代王士祯《分甘余话》中有"万古送别之祖"的赞语。东晋陶渊明《命子》的"嗟余寡陋,瞻望弗及,顾惭华鬓,负影只立",南朝宋范晔《后汉书·范冉传》的"(冉)便起告违,拂衣而去。(王)奂瞻望弗及,冉长逝不顾",都是活用此句的典型。

终　　风

终风且暴①,顾我则笑②。谑浪笑敖③,中心是悼④。

终风且霾⑤,惠然肯来。莫往莫来⑥,悠悠我思。

终风且曀⑦,不日有曀⑧。寤言不寐,愿言则嚏⑨。

曀曀其阴⑩,虺虺其雷⑪。寤言不寐,愿言则怀⑫。

注释

① 此与《燕燕》中"终温且惠"句式相同。　② 顾我则笑:看到我就笑闹不停。　③ 谑:调戏。浪:放荡。敖:放纵。　④ 悼:伤心。　⑤ 霾:尘土飞扬。　⑥ 莫:不要。　⑦ 曀(yì):天阴刮风。　⑧ 不日:不到一天。　⑨ 愿:思前想后。言:助词。嚏:喷嚏。　⑩ 曀曀:浓云密布状。　⑪ 虺(huī)虺:象声词,形容雷声。　⑫ 怀:感伤。

译文

大风既起狂又暴,对我又玩又调笑。戏谑胡闹太放荡,心烦意乱真苦恼。

大风既起霾飞扬,和蔼可亲来身旁。不要随意来和往,绵绵思绪满胸膛。

大风既起乌云遮,时阴时晴难猜测。醒后再也睡不着,打个喷嚏传我思。

阴云密布天色暗,雷声隆隆传过来。醒后再也睡不着,越想越觉伤心怀。

解读

这是一首少妇伤心哀怨的内心独白诗。全诗四章。前三章以"终风"起兴,比拟丈夫动作粗鲁,贪欲无度,有时又嬉皮笑脸,调笑戏谑,一会儿"惠然肯来",一会儿又不见踪影,致使妻子空守闺房,徒剩悲凉。凡此种种不尊重、不温柔的行为,令妻子非常不满和痛苦。第三、第四章更进一步抒发了妻子的伤感,她用浓云、雷声象征自己心情恶劣,已到了无法忍受的程度。夜不能寐的结果,竟然想到用儿戏般的"喷嚏传我思"来寄托情怀。然而天已阴,雷已响,一切哀求都徒劳,她只能在床上辗转反侧、长吁短叹。

朱熹《诗集传》认为本诗的背景是描写春秋时卫庄公与夫人卫姜的故事:"庄公之为人狂荡暴疾,庄姜盖不忍斥言之,故但以'终风且暴'为比。"此说可供读者参考。

击 鼓

击鼓其镗①,踊跃用兵②。土国城漕③,我独南行。

从孙子仲④,平陈与宋⑤。不我以归⑥,忧心有忡⑦。

爰居爰处⑧?爰丧其马⑨?于以求之⑩?于林之下。

死生契阔⑪,与子成说⑫。执子之手,与子偕老。

于嗟阔兮⑬,不我活兮⑭。于嗟洵兮⑮,不我信兮⑯。

注释

① 击鼓:敲鼓,出兵时擂战鼓助威并指挥。镗:象声词,同"当当"。 ② 踊跃:跳跃。兵:兵器。 ③ 土国:国内的土木工程。城:动词,筑城。漕:卫国邑名,同"曹",位于今河南滑县东南。 ④ 孙子仲:卫国南征将领孙文仲,字子仲。 ⑤ 平:调解两国间纠纷。陈、宋:春秋时诸侯国名,都位于今河南省内。 ⑥ 不我以归:不让我回归。 ⑦ 忡:忧愁状。 ⑧ 爰(yuán):在何处。 ⑨ 丧:丧失,丢失。 ⑩ 于以:往何处。 ⑪ 死生

契阔:意为生死离合难以预测,但永不分离。契阔,相聚与离别。
⑫ 子:作者之妻。成说:立下誓言。　⑬ 于嗟:同"吁嗟",感叹词。阔:路途遥远。　⑭ 活:聚首。　⑮ 洵:别离已久。
⑯ 信:守约。

译文

战鼓敲得当当响,奔腾跳跃练刀枪。别人筑墙修漕城,我却从军到南方。

跟随将军孙子仲,调解纠纷陈与宋。不许我们回家园,心中哀伤多沉重。

在哪停啊在哪住?军马丢失在何处?去到哪里找我马?在那密林大树下。

死生永远不分离,临别誓言牢牢记。紧紧拉住你的手,和你到死在一起。

可叹相隔重重山,不让我们再相见。可叹别离太久长,不让我们守誓言。

解读

这是从军远征者与妻子诀别的诗,意境与杜甫《新婚别》类似。第一章以战鼓声渲染军营气氛。第二章交代战争内容,点出产生忧虑的原因。第三章流露对战争前途悲观的情绪。第四章追忆新婚时与妻子结下的死生与共、永不分离的誓言。末章四句呼号,充分揭示了全诗的主题。

"死生契阔"是全诗意境的一个关键所在,为历代读诗者所特别珍视。《三国志·魏书·董昭传》:"有无相通,足以相济;死生契阔,相与共之。"《全唐文》引王焘《外台秘要方序》:"自南徂北,既僻且陋,染瘴婴痾,十有六七;死生契阔,不可问天。"李商隐在《行次西郊作》中写道:"少壮尽点行,疲老守空村。生分作死誓,挥泪连秋云。"清乾隆时著名文学家乔忆《剑溪说诗又编》将此诗列为"征戍诗之祖"。

凯　风

凯风自南①,吹彼棘心②。棘心夭夭③,母氏劬劳④。

凯风自南,吹彼棘薪⑤。母氏圣善⑥,我无令人⑦。

爰有寒泉⑧,在浚之下⑨。有子七人,母氏劳苦。

睍睆黄鸟⑩,载好其音。有子七人,莫慰母心。

注释

① 凯风:南风,和风。　② 棘:酸枣树。　③ 夭夭:树木茁壮状。　④ 劬(qú)劳:操劳,劳累。　⑤ 棘薪:酸枣树长大后可以当柴烧,比喻儿子已长大。　⑥ 圣善:明智善良。　⑦ 令人:好人。　⑧ 爰:发语词。寒泉:冻冷的泉水。　⑨ 浚:卫国地

— 37 —

名。 ⑩ 睍睆(xiàn huǎn)：象声词，清和婉转的鸟鸣声。

译文

和风从南吹过来，吹动枣树嫩芽心。嫩芽棵棵苗又壮，母亲操劳多艰辛。

和风从南吹过来，吹动枣树成干柴。母亲明达又善良，可惜我们不成材。

泉水清冽刺骨寒，浚邑底下是渊源。生有儿女共七人，母亲养育真艰难。

黄鸟唱出婉转音，声声不断很好听。生有儿女共七人，未能抚慰娘的心。

解读

这是一首赞美母亲的诗，以叙事为主，作法很有特色。前两章以凯风吹棘，比喻母亲养育子女，操劳一生；后两章以寒泉发源于浚，黄鸟好其音，比喻身为子女而未能尽其孝道，颇有自责之心。

诗人从凯风吹动棘心，联想到母亲辛苦一生，不禁感慨万分。子女长大成人，犹如棘林成薪，但成人不等于成功，子女没能成为社会栋梁，就像成薪不等于成材。诗句隐含着懊恼、悔恨之情。末章因"有子七人"句，在形式上与第三章形成对称。黄鸟关关，声声婉转，雏鸟对母鸟的感恩报答，已尽包含在内。全诗洋溢着对母亲深深的热爱，读来感人至深，使得《凯风》成为后世孝子的座右铭。诗中一些词句如"凯风""吹棘""寒泉""黄鸟好音""莫慰母心"等，也成了脍炙人口的名言和表示孝心、母爱的著名典故。

匏有苦叶

匏有苦叶①,济有深涉②。深则厉③,浅则揭④。

有瀰济盈⑤,有鷕雉鸣⑥。济盈不濡轨⑦,雉鸣求其牡⑧。

雍雍鸣雁⑨,旭日始旦⑩。士如归妻⑪,迨冰未泮⑫。

招招舟子⑬,人涉卬否⑭。人涉卬否,卬须我友⑮。

注释

① 匏:葫芦,古人绑在腰间作渡河工具。苦:同"枯"。② 济:水名,起源于今河南济源西王屋山的一条河。涉:可以徒步过河的渡口。 ③ 厉:带,带葫芦过河。 ④ 揭:挑,挑葫芦涉水过河。 ⑤ 有瀰:大水茫茫状。济盈:济水涨满。 ⑥ 有鷕(yǎo):雌雉鸣叫之声。 ⑦ 濡:浸湿。轨:车轴两端。 ⑧ 牡:雄性。 ⑨ 雍雍:群雁的叫声。 ⑩ 旭日:朝阳。 ⑪ 士:未婚男子通称。归妻:男子娶妻。 ⑫ 迨:趁着。泮(pàn):封冻。 ⑬ 招招:招手状。 ⑭ 卬(áng):我。妇女自称。 ⑮ 须:等待。

匏有苦葉

译　文

葫芦成熟叶枯黄,济河渡口大水涨。水深带着葫芦过,水浅挑起葫芦蹚。

大水茫茫济河满,野鸡吆吆直叫唤。水深不愿湿车轮,野鸡鸣叫是求偶。

大雁嘎嘎叫不停,一轮朝日才升空。小伙若想娶妻室,趁未结冰快行动。

船夫摇起小渡船,别人过河我停留。别人过河我停留,我在等我好男友。

解　读

这是一首爱情诗。姑娘独坐河旁,想着自己的爱人,心潮澎湃。全诗四章,第一章有两个三字句,第二章有两个五字句,句式多变,是即兴歌式的体裁,把一位姑娘在河边焦急等待爱人到来的形象,刻画得栩栩如生。

深秋之晨,姑娘坐在济河渡口边等爱人到来,周围的一切强烈地刺激着她。济河水涨,引起她思绪如潮;山鸡鸣叫,勾起她爱意绵绵。听着声声雁叫,看着初升朝阳,她由衷地希望小伙子赶快来娶她,趁着河水还未结冰,了却终身大事。眼看着人来人往,却没有小伙子身影,不禁失魂落魄、如梦如痴。

本诗的特色在于既不是按时序、按层次或按事物某一方面的分章叙述,也不是内容复沓、情意重叠的咏唱,而是逐步深入、相互补充、由隐到显的层层揭示。这种方法在整部《诗经》中也是别具风格的。

谷　　风

习习谷风①,以阴以雨②。黾勉同心③,不宜有怒。采葑采菲④,无以下体⑤?德音莫违⑥,及尔同死。

行道迟迟⑦,中心有违⑧。不远伊迩⑨,薄送我畿⑩。谁谓荼苦⑪,其甘如荠⑫。宴尔新昏⑬,如兄如弟。

泾以渭浊⑭,湜湜其沚⑮。宴尔新昏,不我屑以⑯。毋逝我梁⑰,毋发我笱⑱。我躬不阅⑲,遑恤我后⑳。

就其深矣,方之舟之㉑。就其浅矣,泳之游之。何有何亡㉒,黾勉求之。凡民有丧㉓,匍匐救之㉔。

不我能慉㉕,反以我为雠㉖。既阻我德㉗,贾用不售㉘。昔育恐育鞠㉙,及尔颠覆㉚。既生既育,比予于毒㉛。

我有旨蓄㉜,亦以御冬㉝。宴尔新昏,以我御穷。有洸有溃㉞,既诒我肄㉟。不念昔者,伊余来塈㊱。

注释

① 习习:大风声,同"飒飒"。谷风:山谷中的大风。 ② 以:为、是。 ③ 黾(mǐn)勉:辛勤努力。 ④ 葑:一种块茎类蔬菜,又称蔓青。菲:又名莱菔。 ⑤ 无以:不用。下体:根部。 ⑥ 德音:善言。 ⑦ 迟迟:走路缓慢。 ⑧ 有违:行动和心意相违背。 ⑨ 伊:是。迩:近。 ⑩ 薄:急忙,勉强。畿:门槛。 ⑪ 荼苦:味苦的苦菜。 ⑫ 荠:甜味的荠菜。 ⑬ 宴:安乐。昏:同"婚"。 ⑭ 泾、渭:水名,源出甘肃,在陕西高陵合流。以:因,渭水因泾水而浊。 ⑮ 湜(shí)湜:水清状。沚:同"止",河底。 ⑯ 屑:同"絜",纯洁。 ⑰ 逝:往。梁:为捕鱼而在河中筑起的堤。 ⑱ 发:同"拨",搞乱。笱(gǒu):捉鱼用的竹制渔具。 ⑲ 躬:自身。阅:容纳。 ⑳ 遑:何暇,来不及。恤:担忧。 ㉑ 方:以筏渡河。舟:以船渡河。 ㉒ 亡:无。 ㉓ 丧:灾难。 ㉔ 匍匐:手足伏地而行,比喻竭尽全力。 ㉕ 能:乃。慉(xù):养、爱。 ㉖ 雠:同"仇"。 ㉗ 阻:拒绝、怀疑。 ㉘ 贾(gǔ):出卖。用:货物。不售:卖不出去。 ㉙ 育恐:生活恐慌。育鞫:生于困穷之际。 ㉚ 颠覆:指患难。 ㉛ 毒:毒虫。 ㉜ 旨:味美。蓄:腌的干菜、咸菜。 ㉝ 御:抵御,抵挡。 ㉞ 有:同"又"。洸:凶暴。溃:激流。 ㉟ 既:尽、全。诒:同"遗",留给。肄:劳苦之事。 ㊱ 伊:唯。来:语助词。塈(jì):除去。

译文

吹起飒飒山谷风,又是天阴又下雨。同心合作互勉励,不要对我发脾气。挖了葑菜采菲菜,菜根也要别抛弃。好言好语不违背,同生共死在一起。

踏上路途步履慢,心中实在不舒坦。走了几步还不远,马上送我到门前。谁说荼菜滋味苦,我看还比荠菜甜。欢天喜地又新婚,情感如同兄弟般。

渭水因为泾水浊,水底却还很清澈。快快乐乐又新婚,竟然嫌我不干净。不要去看我鱼梁,不要搞乱我鱼笱。眼下对我已不容,今后体贴更无望。

如果遇到水很深,乘船划舟渡过去。如果河水变得浅,下水游泳也可以。不管是有还是无,都要尽力去求取。一旦邻居有危急,全心救援不犹豫。

非但不与我和好,还把我作死对头。既然与我情意断,就像有货不出售。当初惊恐又贫困,与你一起渡难关。而今生儿又生女,翻脸把我当毒虫。

我有味美好腌菜,可以靠它来过冬。你又快乐结姻缘,拿我旧妻挡困穷。如同风暴加激流,给我都是苦和痛。不念过去爱和情,把我一切全去除。

解读

这是一首著名的弃妇诉苦诗。《毛诗序》称其"刺夫妇失道",朱熹《诗集传》认为是"妇人为夫所弃,故作此诗,以叙其悲怨之情"。首章描写弃妇对丈夫的委婉说理,希望他能看重人品,就像采摘葑菜、菲菜注重根部一样,不要违背当初立下的海誓山盟。第二章描写弃妇脚步沉重地行走在回娘家的路上。当想到丈夫的薄情和喜新厌旧时,心中不免产生出种种怨恨。第三章用泾水、渭水作比喻,说明自己的品性高洁和被弃的原因,诉说了自己虽然无辜被弃,但仍然顾念夫家的情况。第四章追叙自己在丈夫家中的里外操劳,从侧面揭露丈夫的忘恩负义。最后两章指责负心的丈夫薄情寡义。和常见的控诉诗不同,主人公对负心者委婉规劝,充满眷恋之情。诗中"宴尔新昏,如兄如弟"两句,影响最为深远,充分反映了中国古人特重男女婚姻的观念。

本诗与《小雅》中的《谷风》同名。

式　　微

式微式微[①],胡不归?微君之故[②],胡为乎中露[③]?

式微式微,胡不归?微君之躬[④],胡为乎泥中[⑤]?

注释

① 式:发语词,无实际意义。微:幽暗,天快黑。　② 微:非,若非。　③ 胡为乎:为什么。中露:雨露之中。　④ 躬:身体。　⑤ 泥中:陷于泥水之中。

译文

日暮黄昏天快黑,为何不把家来回?如果不是为君主,怎会还在雨露中？

日暮黄昏天快黑，为何不把家来回？如果不是为君主，怎会陷这泥水中？

解读

这是一首表现哀怨情绪的诗。全诗句式多变，短小精悍，体现了民歌即兴、灵活和口语化特点。据《毛诗序》，古代黎国(位于今山西长治地区)的国君黎侯，因受狄人追逐避难卫国，卫君给了他几个邑城安顿。结果黎侯贪图享受，不再想回黎国，随行大臣就吟诗劝诫，要他回国拯救百姓。"式微式微"是用天色昏暗象征黎国君臣寄人篱下。"胡不归"是设问句，表露了对"不归"的明显责备。"微君之故，故为乎中露""微君之躬，胡为乎泥中"意思相同，不仅进一步劝谏，还含有轻微的警告。言下之意，如果君主你再不行动，我们就要散伙。全诗情真意切，没有丝毫的矫饰。

旄　　丘

旄丘之葛兮①，何诞之节兮②？叔兮伯兮③，何多日也④？

何其处也⑤？必有与也⑥！何其久也？必有以也⑦！

狐裘蒙戎⑧，匪车不东⑨。叔兮伯兮，靡所

与同⑩。

琐兮尾兮⑪,流离之子⑫。叔兮伯兮,褎如充耳⑬。

注释

① 旄(máo)丘:前高后低的土山。或指卫国山名,位于今河南濮阳境内。　② 诞:延长。节:葛藤植物的枝节。　③ 叔、伯:对男子的称呼。这里是称卫国的贵族和大夫。　④ 多日:时间太长,何其多。　⑤ 处:安居不动。　⑥ 与:伙伴、依托,或指同盟国。　⑦ 以:其他的原因。　⑧ 狐裘:冬天穿的狐皮袍。蒙戎:蓬松。　⑨ 匪:彼。不东:不朝东去。　⑩ 靡:无。同:同一条心。　⑪ 琐:细小。尾:微小,卑贱。　⑫ 流离:飘散。之子:或诗人自称。　⑬ 褎(yòu):盛装。充耳:塞耳的装饰品。

译文

旄丘山上葛藤啊,为何枝节这么长?叫声叔伯在哪里,为何好久不伸手?

为何住着不动身?想必一定有指望!为何会拖这么久?想必一定有原因!

狐皮大衣毛蓬松,登车前行不向东。叫声叔伯在哪里,不肯与我同担当。

低微卑贱无法说,流离之人不足惜。叫声叔伯在哪里,充耳不闻不搭理。

解　读

这是一首弃妇的怨诗。但据《毛诗序》所说,这首诗的作者是黎国的臣子,当时黎侯受狄人的侵扰逃至卫国避难,结果因贪图安稳而不想回国了,于是黎臣就写诗劝诫,希望黎侯不要满足低微卑贱的寄人篱下之境,眼光要长远一些。

全诗四章。第一章以长在旄丘上长长的葛藤起兴,连用两个疑问句,曲折表达心中的希望。第二章用两个自问自答句,表达渴望之情,所谓"必有与也""必有以也",不过是自我安慰,实际上对寄寓生活已十分失望。第三章是说收留方的"叔伯"与自己立场不一,情感不通,如朱熹所说,"至是始微讽之",反映了既不满意,又怕得罪接待者的矛盾心情。末章的情绪已趋激烈,开始斥责接待者对寄寓者的傲慢无礼。朱熹说:"至是然后尽其词矣。"

失意者对压抑情绪的层次性表达,是《旄丘》诗最大的艺术成就。

泉　　水

毖彼泉水①,亦流于淇②。有怀于卫,靡日不思③。娈彼诸姬④,聊与之谋⑤。

出宿于泲⑥,饮饯于祢⑦。女子有行,远父母兄弟。问我诸姑,遂及伯姊⑧。

出宿于干⑨,饮饯于言。载脂载舝⑩,还车言迈⑪。遄臻于卫⑫,不瑕有害⑬。

我思肥泉⑭,兹之永叹⑮。思须与漕⑯,我心悠悠。驾言出游⑰,以写我忧⑱。

注释

① 毖:同"泌",泉水涌流状。泉水:又名泉源水,亦即末章中的"肥泉",卫国的河名。　② 淇:即《水经注》提到的"淇水",卫国的河名。　③ 靡:没有。　④ 娈:美好之态。诸姬:一些姬姓女子,泛指众姐妹。　⑤ 聊:姑且。谋:谈论。　⑥ 出:出行。沛(jǐ):卫国地名或水名。　⑦ 饮饯:为即将远行者送行饮酒,称"饯行"。祢:卫国地名。　⑧ 伯姊:大姐。　⑨ 干:地名,位于今山东聊城境内。下句的"言"亦为地名,或指今河北邢台附近的言山,也有人将此理解为沛、祢。　⑩ 载:发语词。脂:油脂,此为动词,意为加足了润滑油。舝(xiá):通"辖",车轴键。　⑪ 还:同"旋",由远处回来。言:助词。迈:行。　⑫ 遄:迅速。臻:到达。　⑬ 不瑕:犹今天说"没有什么"。　⑭ 肥泉:卫国境内的泉名,即首章的"泉水"。　⑮ 兹:此。永叹:长叹。　⑯ 须、漕:卫国邑名。　⑰ 驾:驾车。　⑱ 写:通"泻",排遣、消除。

译文

滚滚泉水流不息,最后流到淇河里。心中怀念我卫国,没有一天会忘记。美丽可爱众姐妹,且向她们诉心曲。

出嫁赴卫宿在沛,饯行宴会设在祢。姑娘结婚要远行,告别父母和兄弟。问候诸位姑姑们,还有大姐在心里。

出嫁赴卫宿在干,饯行宴会在言邑。车轴涂满油脂膏,返程车速快无比。快快赶到我卫国,没有什么不可以。

肥泉之水我想念,为之伤悲长叹息。又想须城和漕邑,绵绵相思不间歇。驾车出门漫游去,借以宣泄我愁绪。

解读

这是一位远嫁异国的少妇所作的思乡诗。作者多愁善感,流入淇河的滚滚泉水,勾起了她怀念故土的忧思。正当她无以排遣"靡日不思"之情时,遇见了美丽的众姐妹,于是按捺不住思乡情,向她们敞开了心扉。一个作"姑且"解的"聊"字最为传神。第二章是回忆当年远嫁时家人的送行,感情十分压抑。第三章在回忆之余又提出要把车辆保养好,保证返回时不会耽搁,如此表示,似乎说明少妇婚后处境并不圆满,否则第四章也就不会有"我思肥泉,兹之永叹"的情绪。"驾言出游,以写我忧"两句后人常用,如宋苏东坡《日日出东门》:"日日出东门,步寻东城游。城门抱关卒,笑我此何求?我亦无所求,驾言写我忧。"清胡承珙《登陶然亭》:"芳草日以歇,白露侵人裾。凉蝉促音响,蟋蟀鸣前除。驾言写我忧,清景聊相于。"可见对后世影响很大。

北　风

北风其凉,雨雪其雱^①。惠而好我^②,携手同行③。其虚其邪④,既亟只且⑤!

北风其喈⑥,雨雪其霏⑦。惠而好我,携手同归。其虚其邪,既亟只且!

莫赤匪狐⑧,莫黑匪乌⑨。惠而好我,携手同车。其虚其邪,既亟只且!

注释

① 雨雪:下雪。其雱(páng):即雱雱,大雪纷飞状。 ② 惠而:顺从,友好。 ③ 同行:同道。 ④ 虚:通"舒"。邪:通"徐",舒徐,缓慢、犹疑状。 ⑤ 亟:同"急"。只且:语尾助词,同"也哉"。 ⑥ 喈:刺骨寒冷。 ⑦ 其霏:即霏霏,雪花飘扬状。 ⑧ 匪:同"非"。 ⑨ 乌:乌鸦。

译文

北风吹来阵阵凉,漫天雪花乱纷纷。亲密朋友关心我,携起手来赶路程。不要徘徊不犹疑,事情已经很紧急!

冰凉刺骨北风吹,纷纷扬扬大雪飞。亲密朋友体谅我,携起手来同路归。不要徘徊不犹疑,事情已经很紧急!

哪头狐狸皮不红,哪只乌鸦毛不黑。亲密朋友帮助我,携起手来同车回。不要徘徊不犹疑,事情已经很紧急!

解读

这是一首讽刺时政、悲哀伤心的诗。全诗三章,前两章首句都以北风、大雪起兴,营造了一片肃杀气氛。第三章用狐狸、乌鸦比喻阴险贪婪的权贵,抒发了作者心中的愤怒和绝望。两句尾声则使感情显得更加深沉。

据记载,春秋时卫国确实发生过人民逃亡。诗人见到卫国气象愁惨,就像北风大雪一样,使人毛骨悚然,于是决定和朋友一起上路,寻找可以容身安居之处。第二章与第一章意思相同,只换了三字,但忧患的程度加深了一步,表明已到了最后关头。末章描写他们在路上抒发的绝望感,"莫赤匪狐,莫黑匪乌",形象比喻了卫国权贵阴险狡猾和贪婪残忍的嘴脸。狐狸、乌鸦自古被视为不祥之物。这两句诗反映了作者对现实的失望。全诗充满了凄婉悲凉的情绪,词语简洁,意境深远,大可玩味。

静　　女

静女其姝①,俟我于城隅②。爱而不见③,搔首踟蹰④。

静女其娈⑤,贻我彤管⑥。彤管有炜⑦,说怿女美⑧。

自牧归荑⑨,洵美且异⑩。匪女之为美⑪,美人之贻。

注释
① 静女:淑女,淑善娴雅的女子。姝:形容女子容貌美丽。

② 俟:等待。城隅:城上的角楼。　③ 爱:同"薆",隐藏。　④ 踟蹰:走来走去。　⑤ 娈:美好。　⑥ 贻:赠送。彤管:红色管子,或是赤管笔、红笛一类器物,用以表达爱慕之情。　⑦ 炜:红光鲜明。　⑧ 说怿:即"悦怿",喜爱。女:同"汝",指彤管。　⑨ 牧:郊外。归:通"馈",赠送。荑:白茅草的嫩芽,古人以此象征爱慕之情。　⑩ 洵:确实。异:奇特。　⑪ 女:同"汝",指荑草。

译文

娴雅姑娘多娇美,等我城角来幽会。故意躲着不露面,惹我挠头又徘徊。

娴雅姑娘多美丽,红管送到我手里。红管闪光亮晶晶,越看越爱心欢喜。

郊外采荑送给我,确实漂亮又稀奇。并非只因荑草美,那是美人表心意。

解读

这是一首描写青年男女相爱、约会、赠送情物的爱情诗。全诗运用赋法,生动描绘了"我"和静女约会于城隅,静女"爱而不见"的娇憨雅趣,以及"我"得获赠物的喜悦。第一章生动活泼,趣味盎然。一对年轻恋人相约于城隅,姑娘先到,遥见对方,却故意躲藏起来。男子因迟到,心急如焚,坐立不安,抓耳挠腮,过程真实有趣。后二章写两人爱意绵绵,赠物定情。姑娘的赠物是柔嫩白荑和发光的彤管,男子接受信物,心潮汹涌,不禁深情咏唱。"匪女之为美,美人之贻"两句,一反首章轻快风趣的格调,于纯情中带上了一丝深沉。恋人多情,视物可以如人,物之所以可贵,是由于赠物之人可爱,爱与被爱者,因物连贯起来,浑然如一体。这种深刻的感受,正是初恋男女意中所有而口中所无。诗人用美丽的诗句唱出了多情少年的心声。

二子乘舟

二子乘舟,泛泛其景①。愿言思子②,中心养养③!

二子乘舟,泛泛其逝④。愿言思子,不瑕有害⑤?

注释

① 泛泛:漂浮状。景:同"憬",向远方而去。 ② 愿:每当。言:助词。 ③ 养养:同"恙恙",心忧状。 ④ 逝:前往。 ⑤ 不瑕:不无,疑惑之词。

译文

两人乘坐小船上,漂漂荡荡向远方。每当想起你们俩,心中忧虑暗忧伤!

两人乘坐小船行,漂漂荡荡不见影。每当想起你们俩,此行是否会丧命?

解读

这是一首友人送别诗。见到渐行渐远的小舟,前途吉凶难卜,不免心中挂念,咏诗以抒心意。全诗二章,意思接近,都在表达惆怅忧伤之情。诗的背景据说是一个惊险的故事。卫宣公有太子伋、次子寿、三子朔三子,寿、朔是后母宣姜之子。而宣姜原是太子伋之妻。朔与其母合谋,挑拨宣公杀伋立寿。宣公听信谗言,命伋乘船出使齐国,同时令船夫寻机沉船杀伋。这个计划被寿的保姆得知后告诉了寿,寿知道父亲心意已决,无法阻止,于是决定和伋同舟前往。由于船夫不敢杀寿,因此伋得以脱险,阴谋终未得逞。就在兄弟俩登船出发前,寿的保姆预感凶多吉少,站在岸边目送远去的小船,一阵哀悯之情涌上心头,随口咏诗,以祈侥幸。文献上一直把这首诗作为父子恩绝的一个典型。

鄘 风

墙 有 茨

墙有茨①,不可埽也②。中冓之言③,不可道也。所可道也,言之丑也。

墙有茨,不可襄也④。中冓之言,不可详也⑤。所可详也,言之长也。

墙有茨,不可束也⑥。中冓之言,不可读也⑦。所可读也,言之辱也。

注释

① 茨:一种带刺的爬墙草。 ② 埽:同"扫",扫除。 ③ 中冓:宫闱之内。 ④ 襄:同"攘",除去。 ⑤ 详:细说,宣扬。 ⑥ 束:捆起来。 ⑦ 读:说出去。

译文

带刺茨草墙上爬,不可随意去扫它。宫廷内部悄悄话,不可随便去说它。若是还有可说的,十分难听不像话。

带刺茨草墙上爬,不可随意去拔它。宫廷内部悄悄话,不可详细去传它。若是可以仔细传,说来话长讲不完。

带刺茨草墙上爬,不可随便去捆它。宫廷内部悄悄话,不可

墙有茨

往外宣扬它。若是可以对外讲,说了也是找羞辱。

解读

这是一首著名的讽刺诗。据《毛诗序》记载,卫宣公死后,惠公年幼,庶兄公子顽与惠公之母宣姜私通多年,生有五子。这种宫廷乱伦丑行引起了卫国政局的动荡。这首诗就产生在这个背景下。全诗三章。以对带刺茨草"不可埽""不可襄""不可束"起兴,引出对宫廷秘闻"不可道""不可详""不可读"的劝告。

这首诗的讽刺技巧很有特色。开始时,诗人从正面提出看法,认为对"中冓之言"一定不可传播,就像对待墙上茨草一样,谁"埽"谁扎手,谁"襄"谁倒霉,谁"束"谁吃亏。但这是故作神秘,他说"不可道""不可详""不可读"是要造成悬念,"所可道"则是重要一笔,激发起了读者的好奇。至于真相到底是什么,他又欲言又止,不再说透,只是点到而已。此诗的魅力全在于此。

桑　　中

爰采唐矣①?沬之乡矣②。云谁之思③?美孟姜矣④。期我乎桑中⑤,要我乎上宫⑥,送我乎淇之上矣⑦。

爰采麦矣?沬之北矣⑧。云谁之思?美孟弋矣⑨。期我乎桑中,要我乎上宫,送我乎淇之上矣。

爰采葑矣⑩?沫之东矣⑪。云谁之思?美孟庸矣⑫。期我乎桑中,要我乎上宫,送我乎淇之上矣。

注释

① 爰:在何处。唐:蔓生植物名,或通"棠",沙棠果,俗称白梨。　② 沫之乡:卫国城邑,在今河南淇县附近,或指水名。③ 云:发语词。之:语助词。　④ 孟:排行第一。姜:古姓,卫国似无姜姓,或泛指美人。　⑤ 期:约会。桑中:卫国地名,在今河南滑县东北,或泛指桑树林。　⑥ 要:同"邀"。上宫:楼名或室名。　⑦ 淇:卫国水名。上:河口地区,约在河南浚县东北。⑧ 沫之北:邶地旧址。　⑨ 弋:古姓,又作"姒"。　⑩ 葑:植物名,块茎可食。　⑪ 沫之东:古鄘地。　⑫ 庸:古姓,居鄘地者,以庸为姓。

译文

若问何处可采唐?想必应到沫之乡。要问心中想念谁?美丽女子名孟姜。她曾约我去桑中,还曾邀我去上宫,淇口附近来相送。

若问何处可收麦?想必应在沫之北。要问心中想念谁?美丽女子名孟弋。她曾约我去桑中,还曾邀我去上宫,淇口附近来相送。

若问何处可采葑?想必应在沫之东。要问心中想念谁?美丽女子名孟庸。她曾约我去桑中,还曾邀我去上宫,淇口附近来相送。

解读

不少人认为这是一首"淫奔之诗",如南宋吕祖谦引朱熹的观点,认为该诗是"淫者自作",甚至还有人将其称为反映一男与三女间的淫乱。但若细读,这可能是误解,还是理解为一个男子在回忆与情人的幽会场景比较恰当。诗中的孟姜、孟弋、孟庸应非指三女,而是在不同场景下对同一位姑娘的泛称。作者在采菜收麦时,欣然想起以往在桑中、上宫、淇口的风流往事,不免自得自喜。由于是遐想,无须指认姑娘真名,而以三位古代美人代称足矣,颇似后世的"直把西湖比西子"。正因为有此技巧,故后人尊此诗为中国最早的"无题诗"。

诗中的"桑中""上宫""淇上"后来成了发生绮丽艳情之所的代名词,影响深远,如司马相如《美人赋》"暮宿上宫,有女独处",王嘉《拾遗记》"俗谓游乐之处为桑中也",沈约《忏悔文》"淇水之上,诚无云几,分桃断袖,亦足称多",等等。

鹑之奔奔

鹑之奔奔①,鹊之彊彊②。人之无良③,我以为兄④。

鹊之彊彊,鹑之奔奔。人之无良,我以为君⑤。

注 释

① 鹑:鹌鹑,鸟名。奔奔:雌雄双飞状。　② 鹊:喜鹊。彊彊:飞翔状,与"奔奔"意同。　③ 人:诗歌作者批评的对象。无良:行为不善。　④ 兄:作者之兄。　⑤ 君:君主。

译 文

鹌鹑展翅飞上天,喜鹊同样在飞翔。这人行为太恶劣,我竟把他当兄长。

喜鹊展翅飞上天,鹌鹑同样在飞翔。这人行为太恶劣,我竟尊称他为君。

解 读

这是一首讽刺某人行为卑劣、品德不端的诗。全诗两章,诗句几乎全部相同,只有一字之差和一句之倒,也就是把第一章"我以为兄"变成第二章"我以为君",以及两章前二句的次序换位。这种作法是《诗经》特有的。由于借助了换位和换韵,读者并不会感到诗义的枯乏,相反,还从中领略到古人文字游戏的高妙和乐趣。这首诗据说是用以讽刺卫国王妃宣姜的。宣姜与国王的长子公子顽通奸乱伦,引起了舆论的猛烈批评。诗人先用鹌鹑、喜鹊成双成对欢快飞翔的场面,比喻夫妻和睦恩爱。但诗人的真意是通过鹌鹑、喜鹊来强调夫妻必须合法、合情,乱伦违礼的行为必须避免。"人之无良"就点出了批评的重点。"人"包括宣姜和公子顽,由此推测作者可能是公子顽的兄弟。"我以为君"应指王妃宣姜,也可简称为"君"。从这种直指公子、王妃的言辞来看,作者很勇敢,其政治地位也不低。

相　鼠

相鼠有皮①,人而无仪②。人而无仪,不死何为③?

相鼠有齿,人而无止④。人而无止,不死何俟⑤?

相鼠有体⑥,人而无礼。人而无礼,胡不遄死⑦?

注释

① 相:看。　② 仪:威仪、尊严,又可指行为。　③ 何为:即"为何"。　④ 止:同"耻",羞耻,又可理解为"节制"。　⑤ 俟:等待。　⑥ 体:身体。　⑦ 胡:同"何"。遄:迅速。

译文

老鼠看来还有皮,做人反而无威仪。做人要是无威仪,为何活着不去死?

老鼠看来还有齿,做人反而无羞耻。做人要是无羞耻,还等什么不去死?

老鼠看来还有身体,做人反而不知礼。做人要是不知礼,还不赶快去找死?

解读

这是一首谴责诗,感情强烈,仿佛愤怒的声讨。全诗三章,各有一个复叠句,通过"人而无仪""人而无止""人而无礼"三句,对不知礼义廉耻者表达了明显的憎恨。在形象取譬方面,本诗用令人厌恶的老鼠为正喻,指斥某人甚至不如鼠类,由此引起读者鲜明的感情反差,艺术效果非常强烈。作者提及的老鼠"皮""齿""体",可能并无实义,只是为了协调诗韵。东汉班固说这首诗是妻子为劝谏丈夫而作,似乎不合情理,怎会有好意劝谏丈夫改邪归正的妻子以老鼠比喻丈夫?劝谏毕竟心存爱意,如果诅咒快死,就已是仇恨。这首诗就到了恨之入骨的程度,是明代王世贞所说的"直吐怒骂之作"。威仪、羞耻、礼仪,是人类与动物的起码区别,一旦失去,生命即无意义,应该快死。《相鼠》一诗充满了深刻的哲理和强烈的爱憎,犹如一道讨伐罪恶的檄文,读来令人震惊。

载　　驰

载驰载驱①,归唁卫侯②。驱马悠悠③,言至于漕④。大夫跋涉⑤,我心则忧。

既不我嘉⑥,不能旋反⑦。视尔不臧⑧,我思不远⑨。既不我嘉,不能旋济⑩?视尔不臧,我思不閟⑪。

陟彼阿丘⑫,言采其蝱⑬。女子善怀⑭,亦各有行⑮。许人尤之⑯,众稚且狂⑰。

我行其野⑱,芃芃其麦⑲。控于大邦⑳,谁因谁极㉑?

大夫君子㉒,无我有尤㉓。百尔所思㉔,不如我所之㉕。

注释

① 载:本义乘车,此为首句发语词,无义。　② 唁:吊唁,向死者家属或临危之国表示慰问。卫侯:卫戴公,本诗作者应为其妹许穆夫人。　③ 悠悠:路途遥远状,意味着远行。　④ 言:助词,于是。漕:卫国地名。　⑤ 大夫:追至卫国劝阻许穆夫人的许国大臣。　⑥ 既:全都。嘉:赞同。　⑦ 旋:回还。反:同"返"。　⑧ 视:表示比较。臧:善。　⑨ 思:计划。不远:不错,可行。　⑩ 济:渡河。　⑪ 閟(bì):闭塞,不通。　⑫ 阿丘:卫国山丘名。　⑬ 蝱(méng):药草名,即贝母。　⑭ 善怀:深深怀念。　⑮ 行:道理。　⑯ 许:许国,都城在今河南许昌。尤:怨恨,反对。　⑰ 稚:幼稚,少不更事。狂:愚笨,狂妄。　⑱ 野:卫国郊外。　⑲ 芃(péng)芃:植物茂盛状。　⑳ 控:控告,求告。大邦:大国,此指齐国。　㉑ 因:依靠。极:至,意味派兵救援。　㉒ 大夫君子:指许国众臣。　㉓ 无:同"毋",不要。　㉔ 百尔所思:你们有很多计谋。　㉕ 之:前往。

译文

驱赶马车快快跑,回去吊唁卫国侯。马车经过漫长路,已经来到漕城下。大夫跋山涉水来,知他目的我发愁。

尽管对我不赞成,我也不能回家去。比起你们无良策,我的计划还可以。尽管对我不赞成,我也不能去渡口。比起你们无良策,我的想法则不错。

登上那座阿丘岗,采些蝱草随身藏。女人思虑虽然多,却有办法和主张。许国人们反对我,都很幼稚和愚妄。

我已来到田野上,蓬勃生机麦苗长。赶赴大国去控诉,谁可依靠谁来帮?

各位大夫和君子,不要再反我所想。你们纵有百条计,不如我去走一趟。

解读

这是一首发泄忧愤情绪的诗。《左传·闵公二年》(前660)明确记载了本诗的作者及创作背景:"冬十二月,狄人伐卫。……卫师败绩,遂灭卫。……立戴公以庐于曹。许穆夫人赋《载驰》。齐侯使公子无亏帅车三百乘、甲士三千人以戍曹。"许穆夫人是卫宣公之子公子顽与后母宣姜所生,前有二兄二姐,作此诗时已三十岁。因有《左传》的记载,许穆夫人成为世界上最早的女诗人,《载驰》也成为《诗经》中少数几首有明确作者和创作年份的作品之一。

全诗五章,第一、第三章为六句,第二章为八句,第四、第五章为四句,这种诗体在《诗经》中很少见,表现了情感复杂、不拘一格的特点。第二章作者与众大夫对话明白晓畅,完全口语化,结构相似,句式重叠,形成一种特殊的否定式排比句,以女性特有的细腻笔触刻画了内心缠绵悱恻、真挚热诚、诚郁悲壮的情怀。春秋时代,《载驰》在外交场合常被人们引用,在历史上有过深远的政治影响。

卫 风

淇 奥

瞻彼淇奥①,绿竹猗猗②。有匪君子③,如切如磋④,如琢如磨⑤,瑟兮僩兮⑥,赫兮咺兮⑦。有匪君子,终不可谖兮⑧。

瞻彼淇奥,绿竹青青⑨。有匪君子,充耳琇莹⑩,会弁如星⑪。瑟兮僩兮,赫兮咺兮。有匪君子,终不可谖兮。

瞻彼淇奥,绿竹如箦⑫。有匪君子,如金如锡,如圭如璧⑬。宽兮绰兮⑭,猗重较兮⑮。善戏谑兮⑯,不为虐兮⑰。

注释

① 淇:淇水,卫国水名。奥:同"隩",弯曲的河道。 ② 猗猗:茂盛葱绿状。 ③ 匪:同"斐",有才华和文采。 ④ 切、磋:雕刻骨器为切,雕刻象牙为磋。 ⑤ 琢、磨:雕刻翠玉为琢,雕刻美玉为磨。 ⑥ 瑟:矜持庄重。僩(xiàn):威武状。 ⑦ 赫:光明状。咺(xuān):容光焕发状。 ⑧ 谖(xuān):忘记。 ⑨ 青青:同"菁菁",茂盛状。 ⑩ 充耳:玉石耳坠,有垂穗。琇

莹:美玉光润晶莹。　⑪ 会:缀玉于皮帽的接缝处。弁:鹿皮帽。如星:帽上的玉饰排列如星辰。　⑫ 箦(zé):同"栅",竹林茂密状。　⑬ 圭:长方形玉版,上端尖。璧:中间有小圆孔的圆形玉器。　⑭ 宽:宽宏、容纳一切。绰:和缓、沉着状。　⑮ 猗:同"倚",凭靠。重较:车厢的左右横木。　⑯ 戏谑:开玩笑。⑰ 虐:刻薄,过分。

译文

看那淇水绕弯处,繁盛一片是绿竹。一位君子有文采,见解深刻常切磋,学问细节经琢磨。神态庄重威仪严,光辉灿烂精气足。这位君子多风流,始终不忘要记住。

看那淇水绕弯处,青翠一片是绿竹。一位君子有文采,耳坠色润放光彩,帽缝玉饰如星闪。神态庄重威仪严,光辉灿烂精气足。这位君子多风流,始终不忘要记住。

看那淇水绕弯处,茂密一片是绿竹。一位君子有文采,纯洁如金又如锡,高贵如圭又如璧。宽宏大量真沉着,左右扶较车上立。善于谈笑又风趣,从不油腔与滑调。

解读

这是对卫国一位衣着豪华、风度翩翩、才华横溢、幽默风趣的君子的赞誉诗。

全诗三章,每章九句,各章后几句的句末有"兮"字,可称为半章句末"兮"字法。类似的还有《唐风·葛生》第三章"角枕粲兮,锦衾烂兮。予美亡此,谁与独旦",但五章中只有一章如此。

全诗各章首句相同,都以淇奥绿竹起兴,以竹比喻君子。第一章赞美君子的才华,古时雕刻骨器叫切,雕刻象牙叫磋,雕刻翠玉叫琢,雕刻美玉叫磨。四动词连用,取譬别出心裁。连喻之后是一个连赞"瑟兮僩兮,赫兮咺兮",这种句法在《诗经》中不多见。第二章赞美君子的衣着和珠饰。虽只有耳坠和帽饰,未涉及其他,但已足以代表全身。《毛诗序》说本诗是对卫武公的赞美,或是事实。第三章赞美君子的人品和行为。金是铜,金锡合金为青铜,是当时最珍贵的金属;圭、璧也是当时的珍贵玉器,都用来表示高贵地位。末章赞语很有趣。"宽兮绰兮"是说气度恢宏,"猗重较兮"是说气度从容;"善戏谑兮,不为虐兮"则是说他儒雅风趣,谈吐得体。如果说前二章多少有些虚夸,最后一赞则令人感到真实和亲切。

硕　　人

硕人其颀①,衣锦褧衣②。齐侯之子③,卫侯之妻。东宫之妹④,邢侯之姨⑤,谭公维私⑥。

手如柔荑⑦,肤如凝脂⑧,领如蝤蛴⑨,齿如瓠犀⑩,螓首蛾眉⑪,巧笑倩兮⑫,美目盼兮⑬。

硕人敖敖⑭,说于农郊⑮。四牡有骄⑯,朱帻镳镳⑰。翟茀以朝⑱。大夫夙退⑲,无使君劳。

河水洋洋⑳,北流活活㉑。施罛濊濊㉒,鳣鲔发发㉓。葭菼揭揭㉔,庶姜孽孽㉕,庶士有朅㉖。

注释

① 硕人:丰满健康的人,指庄姜。颀(qí):身材修长。　② 衣锦:穿着锦衣。褧(jiǒng)衣:穿在锦衣外的麻质斗篷。　③ 齐侯:齐庄公。子:女儿。　④ 东宫:太子居处,此指齐国太子得臣,后以东宫专指太子。　⑤ 邢侯:邢国(今河北邢台)国君。姨:男子称妻妹。　⑥ 谭:国名,位于今山东历城。维:是。私:女子对姐夫、妹夫的称呼。　⑦ 荑:初生的白茅嫩芽。　⑧ 凝脂:凝结的脂油。　⑨ 领:脖颈。蝤蛴(qiú qí):昆虫天牛的幼虫,色白身长。　⑩ 瓠(hù)犀:洁白整齐的葫芦籽。　⑪ 螓:昆虫名,似蝉而小,前额宽方。蛾:蚕蛾,触须细长而弯。　⑫ 巧:同"俏"。倩:笑时两颊出现小酒窝。　⑬ 盼:眼睛黑白分明,眼波流动。　⑭ 敖敖:身材高大状。　⑮ 说(shuì):停车休息。　⑯ 四牡:四匹雄马。骄:健壮貌。　⑰ 朱幩(fén):马嚼两边铁饰上缠绕的红绳或飘带。镳镳:同"飘飘",盛美、多彩状。　⑱ 翟:长尾野鸡。茀(fú):车篷。　⑲ 夙退:早退。　⑳ 河:黄河。洋洋:水势浩大。　㉑ 北流:黄河在齐、卫间北流入海。活活:水流之声。　㉒ 施:设置,安放。罛(gū):渔网。濊(huò)濊:撒网入水声。　㉓ 鱣(zhān):大鲤鱼。鲔(wěi):比鲤鱼小的一种鱼。发(bō)发:鱼尾击水声。　㉔ 葭(jiā):芦苇。菼(tǎn):荻草。揭揭:高大挺直状。　㉕ 庶姜:一批陪嫁的姜姓女子。孽孽:衣饰华贵。　㉖ 庶士:随从诸臣。朅(qiè):英武高大。

— 70 —

译 文

那人丰满又高挑,身穿锦服披斗袍。她是齐侯所生女,也是卫侯所娶妻。她是东宫太子妹,也是邢国邢侯姨,谭公还是她妹婿。

两手柔软如嫩荑,肌肤细腻像凝脂。脖颈白长如蝤蛴,牙齿整齐似瓠犀。额如螓首眉如蛾,一笑酒窝真美丽,俏眼顾盼转不息。

那人丰满身材高,停车休息在城郊。四匹公马很强壮,马嚼装饰红丝飘。雉羽绘车来上朝,大夫礼毕可早退,别让君王太操劳。

黄河之水真浩荡,哗哗奔流向北方。撒开渔网呼呼响,鳣鲔泼泼跳进网。芦荻高高排成行,姜家众女装饰美,各位家臣身材棒。

解 读

这是一首赞美卫庄公夫人庄姜的诗,创作背景可见《左传·隐公三年》(前720)。全诗四章。首章写出身高贵,第二章写姿容秀丽,第三章写结婚仪式,第四章写陪嫁情况。最为历代读诗人推崇的是第二章,有人称,是文学史上最早细致刻画女性容貌和情态美的篇章,被后人誉为"千古颂美人者无出其右"的"美人图"。诗人连用六个比喻,分别用"柔荑""凝脂""蝤蛴""瓠犀""螓""蛾"比拟庄姜的手、肤、颈、齿、额和眉,贴切具体,脱尘出世。"巧笑倩兮,美目盼兮"八字还进了《论语·八佾》,成为孔子和弟子讨论《诗经》成就的重要话题。

第三章写庄姜结婚,最生动的是"大夫夙退,无使君劳",含蓄精妙,从侧面反映了新婚期的蜜月生活。卫君无精打采、心不在焉,大臣们则心领神会、知趣早退。郑玄《毛诗笺》"无使君之劳倦,以君夫人新为配偶",说明他读懂了这一情节的奥妙。

氓

氓之蚩蚩①,抱布贸丝②。匪来贸丝,来即我谋③。送子涉淇,至于顿丘④。匪我愆期⑤,子无良媒。将子无怒,秋以为期⑥。

乘彼垝垣⑦,以望复关⑧。不见复关,泣涕涟涟。既见复关,载笑载言。尔卜尔筮⑨,体无咎言⑩。以尔车来,以我贿迁⑪。

桑之未落,其叶沃若⑫。于嗟鸠兮⑬!无食桑葚⑭。于嗟女兮!无与士耽⑮。士之耽兮,犹可说也⑯。女之耽兮,不可说也。

桑之落矣,其黄而陨⑰。自我徂尔⑱,三岁食贫⑲。淇水汤汤⑳,渐车帷裳㉑。女也不爽㉒,士贰其行㉓。士也罔极㉔,二三其德㉕。

三岁为妇,靡室劳矣㉖。夙兴夜寐,靡有朝矣㉗。言既遂矣㉘,至于暴矣。兄弟不知,咥其笑矣㉙。静言思之,躬自悼矣㉚。

及尔偕老㉛,老使我怨。淇则有岸,隰则有泮㉜。总角之宴㉝,言笑晏晏㉞。信誓旦旦㉟,不思其反㊱。反是不思㊲,亦已焉哉㊳!

注释

① 氓:农民,诗中男子代称。蚩蚩:笑嘻嘻状。　② 贸:交换。　③ 即:接近。　④ 顿丘:卫国地名,在今河南清丰。　⑤ 愆:错过,拖延。　⑥ 期:指婚期。　⑦ 乘:登上。垝(guǐ)垣:毁坏的土墙。　⑧ 复关:地名,在今河南清丰西南,诗中男子所居,可代指男子。　⑨ 卜、筮:用甲骨、蓍草占卜算卦。　⑩ 体:兆体和卦体,即占卜显示的征象。咎言:不吉利的话。　⑪ 贿:财物,指嫁妆。　⑫ 沃若:润泽柔嫩状。　⑬ 于嗟:叹词。鸠:斑鸠,即布谷鸟。　⑭ 桑葚:桑树的果实,多吃会有醉意。　⑮ 耽:迷恋,沉溺。　⑯ 说:同"脱",解脱。　⑰ 陨:落下。　⑱ 徂:到、往。　⑲ 三岁:三为虚数,言其多。　⑳ 汤汤:滚滚水流状。　㉑ 渐:沾湿。帷裳:车厢两旁的帷布。　㉒ 爽:差错。　㉓ 贰:偏差,不一样,与"爽"同。　㉔ 罔极:没有准则。　㉕ 二三其德:三心二意。　㉖ 靡:没有。室劳:家务劳动。　㉗ 靡有朝:没有一天不如此。　㉘ 言:助词。既:已经。遂:生活安定。　㉙ 咥(xì):哄堂大笑,无同情之心。　㉚ 躬:自身。悼:悲伤。　㉛ 及:和。偕老:共同生活到老。

㉜ 隰(xí):低湿之地。泮:同"畔",河岸,有保障之义。　㉝ 总角:未成年男女将头发扎成两个角状小辫,代表童年。总,束扎。宴:安乐。　㉞ 晏晏:和悦温柔状。　㉟ 旦旦:诚恳坦率。　㊱ 不思:想不到。反:变心。　㊲ 是:这,指誓言。　㊳ 已焉哉:算了吧。

译文

农家小伙笑嘻嘻,抱布换丝做交易。原来不是来换丝,找我商量结婚事。我曾送你渡淇水,送到顿丘我回去。不是我要延婚期,你无媒人不可以。请你别生我的气,秋天一定嫁给你。

站在那边断墙上,面向复关在盼望。不见复关有消息,泪水滚滚朝下淌。见到人从复关来,又笑又说真痛快。你去占卜算个命,卦上都是吉利话。快快叫来你的车,把我行李搬你家。

桑树生长茂盛时,柔嫩葱绿叶满枝。哎呀斑鸠你听好,桑葚千万别多食。哎呀姑娘请注意,不要溺情于男人。男人若是恋女人,还有机会脱开身。女人若是恋男人,要想摆脱却不能。

桑树逐渐要凋零,叶色枯黄掉下来。自从来到你的家,多年都是贫穷态。淇河水流浪滔滔,车帷浸透像水浇。作为女人我没错,你的行为很不好。男人变化太无常,三心二意坏心肠。

做你妻子这些年,家务全压在我肩。很早起床很晚睡,没有一天不这样。家业本来已安定,你却变得脾气暴。我的兄弟不知情,看到我还哈哈笑。定神静思全过程,自悲自怜自伤悼。

你曾说要一起老,老了却使我气恼。淇河虽宽还有岸,沼泽虽阔也有畔。回想童年两无猜,笑容和悦令心暖。海誓山盟多诚恳,谁料翻脸变冤家。背弃诺言你不顾,那就从此算了吧。

解 读

这首诗可能是一位弃妇离开夫家返归娘家时所作。全诗六章,生动叙述了一对农家夫妻求婚、恋爱、婚姻、甜蜜、成家、立业、辛劳、付出、纠纷、烦恼、疏离、冷漠、无情、愤慨、衰老、失望、决裂的全过程,既有缠绵深情、邈远恻然,又有悔恨失落、伤感痛苦。

全诗层次分明,布局回旋有致,人物具体生动,在叙事与抒情两方面都取得了巨大成就,是《诗经》中最杰出的作品之一。评论者对全诗的"层次分明,工于叙事"有极高评价:"皆具无往不复、无垂不缩之致。然文字之妙有波澜,读之只觉是人事之应有曲折。"诗中名句甚多,如"兄弟不知,咥其笑矣""总角之宴,言笑晏晏。信誓旦旦,不思其反"等。尤其是"士之耽兮,犹可说也。女之耽兮,不可说也"四句,触及男女出于生理和社会原因在情爱处置和权利机会上的深刻差别,读之令人扼腕心惊。

河　广

谁谓河广[①]?一苇杭之[②]。谁谓宋远?跂予望之[③]。

谁谓河广?曾不容刀[④]。谁谓宋远?曾不崇朝[⑤]。

注 释

① 河:黄河,卫国在黄河北。　② 苇:芦苇叶,此指苇编渡筏。杭:与"航"同义。　③ 跂(qǐ):踮起脚尖。予:我。　④ 曾:竟然。刀:通"舠",载量有限的小船。　⑤ 崇朝:从天亮到早饭前,比喻时短。崇,终。

译 文

谁说黄河水面宽?一条苇筏可到达。谁说宋国很遥远?踮起脚尖可望见。

谁说黄河水面宽?却难容下小木船。谁说宋国路途遥?不用一早就能到。

解 读

这是一位侨居卫国的宋人所唱的思乡曲。全诗二章,共八句,意义大致相同,以排比、夸张、复叠的修辞强调黄河的狭窄和宋国的不远,突出显示了游子思乡之情。

这首诗不像一般感叹"咫尺天涯"的思乡曲,而是通过"天涯咫尺"的夸张,从反面抒发忧怨之情。宋、卫间有奔腾的黄河和高山峻岭,诗中却说"谁谓河广""谁谓宋远",显然只要一张苇筏就可过去,踮起脚尖就可看见,这样的夸张确实罕见。后世汉高祖说"黄河如带",隋文帝称长江"一衣带水",正是"一苇杭之"的好注脚。但若仔细品味诗意,仍可察觉出隐含之悲凉。黄河既然不宽,宋国既然很近,为何不能回去?谁在阻拦?还是黄河实际不窄,宋国其实不近?这种"正曲反唱"法,大大开掘了诗境深度,为读者留下了想象余地。

伯　兮

伯兮朅兮①,邦之桀兮②。伯也执殳③,为王前驱。

自伯之东④,首如飞蓬⑤。岂无膏沐⑥?谁适为容⑦!

其雨其雨⑧,杲杲出日⑨。愿言思伯⑩,甘心首疾⑪。

焉得谖草⑫?言树之背⑬。愿言思伯。使我心痗⑭。

注释

① 伯:原指排行的老大,周代妇女对丈夫的称呼,或如"大哥"。朅(qiè):威风勇武状。　② 桀:同"杰",才能杰出者。　③ 殳(shū):古代一种兵器,用竹做成,竿状,无刃口。　④ 之:前往。　⑤ 首:头发。飞蓬:蓬草遇风飘飞,比喻妻子长久不梳妆而蓬头垢面。　⑥ 膏:润发的头油。沐:洗头发的淘米汁。⑦ 适:喜悦,欣赏。容:美容修饰。　⑧ 其:句首语助词,这里表示盼望的语气。雨:下雨,作动词。　⑨ 杲杲:明亮状。　⑩ 愿言:思念殷切状,犹念念不忘。　⑪ 甘心:痛心,忧心。首疾:头痛。　⑫ 焉:何,何处。谖(xuān)草:或名萱草、忘忧草,类似金

77

针菜。　⑬ 言:乃,而。树:种植。背:同"北",北房。　⑭ 痗(mèi):心痛,不舒服。

译文

我的大哥真威武,已是国家顶梁柱。大哥手中握紧殳,为王征战打前锋。

自从大哥去东征,我的头发乱如蓬。难道没有沐浴液?不知为谁做美容!

多么盼望下大雨,却见烈日在天上。时刻想着我大哥,已是头痛心口颤。

何处可找忘忧草?找来种到北房旁。时刻想着我大哥,我心受伤不舒畅。

解读

这首诗描写的是妻子对征战在外的丈夫的思念,全诗四章。丈夫随王出征,担任先锋,冲锋陷阵,威武固然威武,但久役不归,生死不知。妻子像久旱盼雨一样昼思夜想,生活的趣味全无,甚至已不梳妆打扮,不进食茶饭,以致心力交瘁、痛心疾首。

第一章是妻子对丈夫的深情叙述,他威武健壮,才能杰出,不愧为国家的英雄,妻子自豪之情溢于言表。第二章是妻子想到自从丈夫离家后,自己再无心打扮,每日蓬头垢面,懒于梳洗,自忖丈夫不在,纵使打扮,能给谁看?无尽烦恼笼罩了全部生活。第三章写妻子思念丈夫头痛欲裂,身心俱疲。第四章写妻子日思夜想,幻想着世上真有传说中的忘忧草,一定要想法求来,种到院子里、房屋旁,以此缓解心中的忧愁。

全诗情感曲折,内心复杂。思夫之情深刻婉转,层层递进。对后世影响最深的是"愿言思伯,甘心首疾",演化出诸如《孟子》"举疾首蹙頞",柳永"衣带渐宽终不悔,为伊消得人憔悴"等名句。

木　瓜

投我以木瓜①,报之以琼琚②。匪报也③,永以为好也!

投我以木桃④,报之以琼瑶。匪报也,永以为好也!

投我以木李⑤,报之以琼玖。匪报也,永以为好也!

注释

① 投:抛掷,投赠。木瓜:植物名,果实形如黄金瓜,可供赏玩和作定情信物。　② 报:报答,回赠。琼琚:一种佩玉。男女定情后,男子多以佩玉赠送女方。下"琼瑶""琼玖"同。　③ 匪:同"非"。　④ 木桃:植物名,果实圆形或卵形,有芳香。　⑤ 木李:即木梨,果实圆形。

译文

投赠给我一木瓜,我拿琼琚作报答。并非仅仅是报答,表示

投我以木瓜

永远爱着她。

投赠给我一木桃，我拿琼瑶作回报。并非仅仅是回报，表示永远不动摇。

投赠给我一木李，我拿琼玖作回礼。并非仅仅是回礼，表示永远在心里。

解读

这是一首青年男女互赠定情物的爱情诗。全诗三章，句式自由，全用赋法，语言质朴，叠章叠句，一唱三叹，是典型的民歌本色。诗句十分有趣，大致是男女相爱、互赠信物的故事。一方送木瓜、木桃、木李三种瓜果，一方回赠琼琚、琼瑶、琼玖三种玉器，物品价值虽差，赠答厚薄有异，但重情轻物的意义却相等，都代表着纯洁美丽和郑重承诺。"匪报也，永以为好也"出现三次，看似重复，但诗的真正精神全表现在这里。朱熹称此诗为"男女相赠答之词"，应该不错，但姚际恒《诗经通论》"以为朋友相赠答亦奚不可，何必定是男女耶"，也值得参考。《毛诗序》介绍这首诗的背景，或与卫、齐关系有关："卫人有狄人之败，出处于漕，齐桓公救而封之，遗之车马器服焉。为人思之，欲厚报之而作是诗也。"著名成语"投桃报李"，即典出于此。

王 风

黍 离

彼黍离离①,彼稷之苗②。行迈靡靡③,中心摇摇④。知我者谓我心忧,不知我者谓我何求。悠悠苍天⑤,此何人哉?

彼黍离离,彼稷之穗。行迈靡靡,中心如醉。知我者谓我心忧,不知我者谓我何求。悠悠苍天,此何人哉?

彼黍离离,彼稷之实。行迈靡靡,中心如噎⑥。知我者谓我心忧,不知我者谓我何求。悠悠苍天,此何人哉?

注 释

① 黍:粮食作物,即小米,俗称黄米。离离:成行,茂盛状。 ② 稷:高粱。 ③ 行迈:远行。靡靡:步履迟缓,犹疑不决。 ④ 中心:心中。摇摇:心神不安,愁闷状。 ⑤ 悠悠:遥远状,渺茫无边。苍天:青天。 ⑥ 噎:食物塞喉,呼吸不畅。

译 文

黍子长得很茂盛,稷苗也已出土来。路途遥远难迈步,心中

彼黍離離彼稷之穗

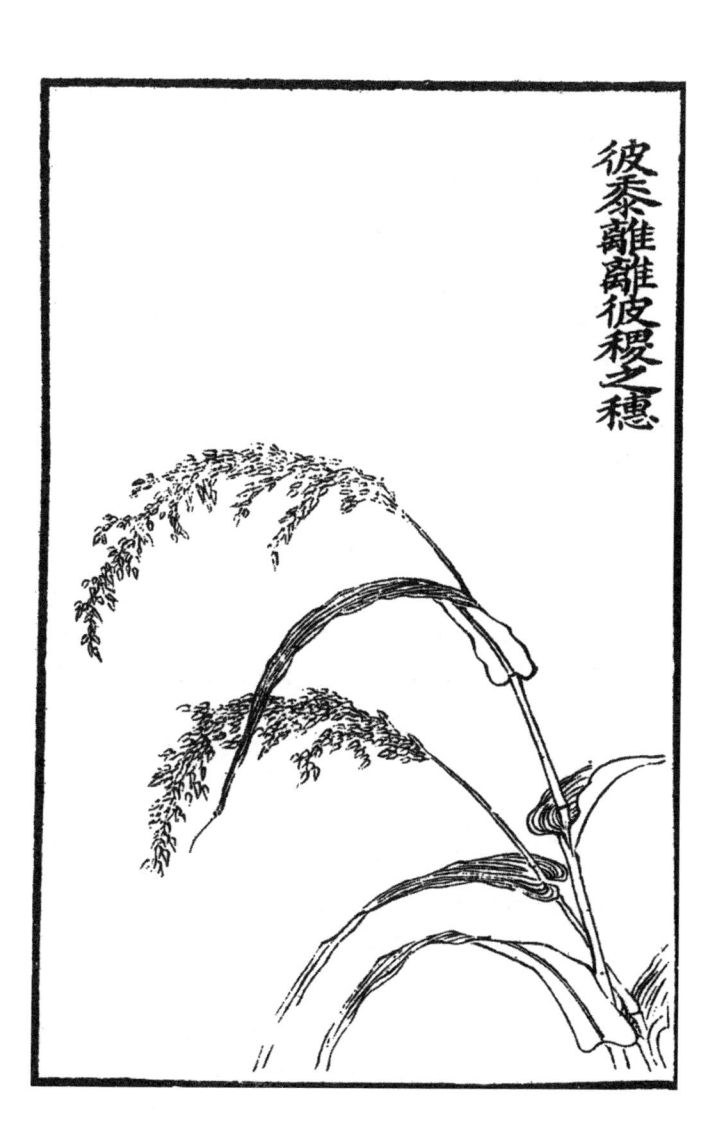

烦闷很不安。了解我的知我忧,否则就说我有求。渺茫高远天在上,是谁搞成这模样?

黍子长得很茂盛,稷子也已抽出穗。路途遥远难迈步,心中昏乱如喝醉。了解我的知我忧,否则就说我有求。渺茫高远天在上,是谁搞成这模样?

黍子长得很茂盛,稷子已经结出粒。路途遥远难迈步,就像噎住难呼吸。了解我的知我忧,否则就说我有求。渺茫高远天在上,是谁搞成这模样?

解 读

这是一首忧怨诗,表达了主人公不得已远迁他乡时,对故土家园难舍难分的心情。全诗三章,句式自由,在常见的四字句中,夹着一个七字句、一个八字句。每章后四句是相同的副歌。据《毛诗序》,作者是东周王朝的一位大臣,来到早先的西周故都,见宗庙崩毁,昔日繁华已无踪影。旧址长满禾黍,残砖烂瓦,满眼凄凉,不禁仰天长叹,写下这首凭吊沦亡、彷徨而不忍离去的诗篇。

全诗三章写了粮食植物的苗、穗、实三阶段,但并非写实,而是寄物抒情,比喻自己的苦痛愁闷程度,由微而著,步步加重。由心烦意乱,到神情恍惚,最后是胸闷气急,不能自持。尾声是一段白话般的倾诉:"知我者谓我心忧,不知我者谓我何求。"可以猜想,迫使主人公离家的原因一定无法抗拒,也是难以理解的,所以才会呼唤上天来作解释,究竟是谁把日子弄到了这个地步。全诗感情深沉,色调灰暗,读来令人黯然神伤。诗中"黍离"

一词已成为后世文人感慨亡国、触景生情时常用的典故。

君子于役

君子于役①,不知其期。曷至哉②?鸡栖于埘③。日之夕矣,羊牛下来④。君子于役,如之何勿思。

君子于役,不日不月⑤。曷其有佸⑥?鸡栖于桀⑦。日之夕矣,羊牛下括⑧。君子于役,苟无饥渴⑨?

注释

① 君子:古代妻子对丈夫的敬称。于:前往。役:服劳役。② 曷:何时。至:回家。 ③ 埘(shí):用泥土砌成的鸡窝。④ 下来:从山上下来。 ⑤ 不日不月:没有定期。 ⑥ 有佸(huó):再次见面团聚。 ⑦ 桀:同"橛",鸡窝的木栅栏。⑧ 括:到。"下括"与上章"下来"同。 ⑨ 苟:大概,或许。

译文

君子离家服劳役,杳无期限音讯无。何时才能回家乡?鸡群回到栅栏里。夕阳西下天已晚,驱赶牛羊已下山。君子离家服劳役,怎能叫人不思念。

君子离家服劳役,日夜绵绵无定期。何时回家再见面?鸡

鷄棲于塒

群回到栅栏里。太阳下山日偏西,赶着牛羊回圈里。君子离家服劳役,或许没受渴和饥?

解读

这是一首妻子盼望离家服役的丈夫早日归来的感怀诗。全诗二章,前三句直接向"君子于役"提问,表示时间的漫长和主人公的急迫。后三句以鸡群回栏、牛羊归圈比兴丈夫外出理应归来。最后两句是主题再现,从主观方面呈现了夫妻感情的深厚。

全诗情景交融,情深意长。核心句是"日之夕矣"。少妇在夕阳下,见到"鸡栖于埘""羊牛下来""鸡栖于桀""羊牛下括"的情景,引动了思夫之情,唱出了思夫之歌。这种黄昏望绝、日暮增愁的描写,最富诗意,也最合人之常情。第二章结句"苟无饥渴",细致地体现了妻子的思之切、忧之深,可见出女性的温情与细腻。清代许瑶光的《再读〈诗经〉四十二首》有云"鸡栖于桀下牛羊,饥渴萦怀对夕阳。已启唐人闺怨句,最难消遣是黄昏",对诗意的理解极其深刻。

葛 藟

绵绵葛藟①,在河之浒②。终远兄弟③,谓他人父④。谓他人父,亦莫我顾⑤!

绵绵葛藟,在河之涘⑥。终远兄弟,谓他人母。谓他人母,亦莫我有⑦!

绵绵葛藟,在河之漘⑧。终远兄弟,谓他人昆⑨。谓他人昆,亦莫我闻⑩!

注释

① 绵绵:连绵不断状。葛藟(lěi):蔓生植物,形似葛藤。 ② 浒:水边。 ③ 终:既然是。远:互相疏远。 ④ 谓:称呼。他人:别人。 ⑤ 莫:不。顾:看一眼,理睬。 ⑥ 涘:水边。 ⑦ 有:通"佑",帮助,亲近,护佑。 ⑧ 漘(chún):水边,岸上。 ⑨ 昆:兄长。 ⑩ 闻:通"问",慰问,体恤,关心。

译文

绵延不断长葛藟,爬在河水岸上边。疏远兄弟已不亲,对着别人叫父亲。既叫别人是父亲,不再朝我看一眼!

绵延不断长葛藟,爬在浅水岸上边。疏远兄弟已不亲,对着别人叫母亲。既叫别人是母亲,不再护我不亲近!

绵延不断长葛藟,爬在深水岸上边。疏远兄弟已不亲,对着别人叫兄弟。既叫别人是兄弟,不再问我不体恤!

解读

这首诗描写的是乱世民散、漂流异乡、无依无靠、潦倒乞怜的社会状况。全诗三章,每章六句。作者也许是一位离家漂泊者,他目睹葛藟绕本根生长,联想到自己远离父母,流落他乡,而自己的兄弟一定也一样,只能呼唤别人为父母兄弟。写兄弟是为了写自己,只是角度改换了一下,显得非常婉转和曲折。

作者的比喻非常生动。绵绵葛藟互相荫托,就像父母兄弟之互相扶助。一个人如果离开了父母兄弟,漂流颠簸,就一定苦不堪言。但是由于世乱年荒,又不能不各奔生路,于是父母兄弟离散,就是这幕悲剧的场景。这是大动乱时代人民流离失所的实录,不必深解,鲜明的印象,已经深深留在读者的脑际。据说南洋华侨对此诗特别喜爱,每次阅读,无不泪下。

采 葛

彼采葛兮①,一日不见,如三月兮②!

彼采萧兮③,一日不见,如三秋兮!

彼采艾兮④!一日不见,如三岁兮!

注释

① 葛:葛藤,其皮可织夏布。 ② 三月:"三"为虚数,以下"三秋""三岁"同。 ③ 萧:蒿类植物,有香气,古人祭祀时所用。 ④ 艾:艾草,其叶可供药用。

译文

那位姑娘去采葛呀,只有一天没见着,好似相隔三月久啊。

那位姑娘去采蒿呀,只有一天没见着,就像相隔三秋长啊。

那位姑娘去采艾呀,只有一天没见着,简直已有整三年啊。

解读

这是一首思念情人的诗。全诗三章,各章只换两字,几乎重叠。诗中"采葛""采萧""采艾",实指一人。诗人用三月、三秋、三岁形容自己怀念情人难以排遣的程度层层深入,缠绵尽致,富于真情实感,是民歌的本色。本诗语言质朴无华,表意率真自然,丝丝入微,回环婉转,具有深远的意境。一个痴情小伙,对采葛织布、采蒿祭祀、采艾治病的勤劳姑娘无限爱慕,以诗表达了深情。最令人吟咏难忘的,是"一日不见,如三月""一日不见,如三秋""一日不见,如三岁"这三句朴实而又夸张的比喻。诗人把这种人人意中所有而口中所无的常情,用来描绘一种抽象的感情,给人们留下了深刻的印象。流传至今的成语"一日三秋"就来源于此,成为后人对这首诗最好的纪念。

大　　车

大车槛槛①,毳衣如菼②。岂不尔思③？畏子不敢。

大车啍啍④,毳衣如璊⑤。岂不尔思？畏子不奔⑥。

穀则异室⑦,死则同穴⑧。谓予不信,有如皦日⑨。

注　释

① 大车:牲畜拉的大轮车。槛(kǎn)槛:车轮行进时的响

声。　②毳(cuì)衣：用细兽毛织成的衣服。菼(tǎn)：初生的芦荻,青白色。　③尔：你,指女子爱慕的男子,与下句"子"所指为同一人。　④啍(tūn)啍：大车行进又重又慢状。　⑤璊(mén)：红色的玉。　⑥奔：私奔,逃走。　⑦穀(gǔ)：生存,活着,与下句"死"对文。室：房屋。　⑧穴：墓穴。　⑨皦：同"皎",光明。

译文

大车驶过嘎嘎声,毛皮外衣色青白。肯定不是不想你,而是怕你会生气。

大车沉重慢吞吞,毛皮外衣色鲜红。难道是我不想你,怕你不和我私奔。

活着不能同屋住,死后愿埋一个坑。别说我话难相信,火红太阳是见证。

解读

这是一首女子对情人表示自己忠贞不贰之心的情诗。全诗三章,第一、第二章前两句以大车、毳衣起兴,说明面临的环境,后两句反问自答。第三章是誓词般的盟约,情感激烈,语词干脆决断,没有半点犹疑。像这样大胆热烈、掷地有声的情诗,在整部《诗经》中也很少见。女子热爱着心上人,男子却优柔寡断,不如女子坚决,女子因此爱恨交加、如坐针毡,但又不得不表示镇静。"岂不尔思？畏子不敢""岂不尔思？畏子不奔",就披露了她此时无可奈何的焦虑。第三章是对自己挚爱者坚贞的誓言,表示现在虽不能同住一室,死后也要合葬一墓。对如此决心若有怀疑,老天在上,太阳做证!"縠则异室,死则同穴"两句,饱含着女子对阻挠情人投入怀抱的种种禁忌的绝望和愤怒,她甚至要以死来抗争。刘向《列女传》说诗的作者是息夫人。息国被楚国灭亡后,息君和夫人都做了俘虏,楚王纳息夫人为妻,她见到息君,就写了这首诗表明心迹,二人同日自杀。此说未必是实,可供参考。

郑 风

将 仲 子

将仲子兮①,无逾我里②,无折我树杞③。岂敢爱之④?畏我父母。仲可怀也⑤,父母之言,亦可畏也。

将仲子兮,无逾我墙,无折我树桑⑥。岂敢爱之?畏我诸兄。仲可怀也,诸兄之言,亦可畏也。

将仲子兮,无逾我园,无折我树檀⑦。岂敢爱之?畏人之多言。仲可怀也,人之多言,亦可畏也。

注释

① 将:请求,希望。仲子:排行老二的男子,犹言二哥。 ② 无:同"毋"。逾:翻越。里:古代城乡居民居住单位之一,二十五家为一里,里有院墙。 ③ 折:折断。杞:落叶乔木,杞柳。 ④ 爱:吝啬,舍不得。 ⑤ 怀:想念。 ⑥ 桑:桑树。 ⑦ 檀:檀树。

译文

仲子请你听我讲,不要翻过我院墙,别把杞树来折伤。哪是疼惜这些树?是怕我的爹和娘。仲子我真好想你,爹娘说话也可怕呀。

仲子请你听我讲,不要翻过我围墙,别把桑树来折伤。哪是疼惜这些树?是怕我家诸兄长。仲子我真好想你,兄长讲话也可怕呀。

仲子请你听我讲,不要翻过我园墙,别把檀树来折伤。哪是疼惜这些树?是怕有人乱张扬。仲子我真好想你,人多嘴杂也可怕呀。

解读

这是一首拒绝情人求爱的情诗,充满了哀怨之情。全诗三章,都以"将仲子兮"呼告发端,表现了主人公正受着感情上的巨大折磨。最后一句也是呼告,刻画了她对社会中复杂关系与恋爱自由间的心理矛盾。这首诗不像一般情诗是通过对爱人的承诺来表达对爱情的渴望,而是以拒绝劝诫的方式,以父母、兄长和社会舆论反对恋爱的方式,从反面抒发她对婚姻自由的追求。第一句直接呼告,说明两人关系的密切和姑娘情绪的激动;第二句"无踰"我里、我墙、我园,反映了两人的热恋,已到了不顾后果的地步。但姑娘顾虑重重,比男子更强烈地感受到家庭、社会对她的束缚,所以不得不小心谨慎。父母之言、诸兄之言、人之多言可畏,并不等于人坏,而是代表了一种社会规范。两千多年前如此,当代一句"人言可畏",照样会使人压抑、沮丧和屈服。

叔 于 田

叔于田①,巷无居人②。岂无居人？不如叔也,洵美且仁③。

叔于狩④,巷无饮酒⑤。岂无饮酒？不如叔也,洵美且好⑥。

叔适野⑦,巷无服马⑧。岂无服马？不如叔也,洵美且武⑨。

注释

① 叔:本指排行之二的男子,有人附会为郑庄公之弟共叔段。于田:猎于田。田,狩猎。　② 巷:里巷,聚居区内的道路。　③ 洵:确实,真的。　④ 狩:冬天的狩猎。　⑤ 饮酒:会喝酒、酒量好的人。　⑥ 好:品德好。　⑦ 适:往。野:郊外。　⑧ 服马:能驾驭马的人。　⑨ 武:勇敢英武。

译文

老二打猎已动身,巷里空空没了人。哪是巷里没了人？谁也无法与叔比,真是俊美仁义人。

老二狩猎已出发,巷里没了喝酒人。哪是没有喝酒人？谁也无法与叔比,真是漂亮善良人。

老二打猎去郊外,巷里没了赶马人。哪是没人把马赶？谁也无法与叔比,真是勇敢英武人。

解读

这是一首赞美猎人"叔"的短歌。《毛诗序》认为这首诗是歌颂郑庄公之弟共叔段,但据清代学者崔述的意见,"仲与叔皆男子之字,郑国之人不啻数万,其字仲与叔者不知几何也",可见并无必要一定与此有关。

本诗赞美的对象显然是一位猎者,作者以夸张的笔调、深挚的感情,热烈赞誉了他雄健的体魄、卓越的能力和美好的气度。全诗虽无正面的具体描绘,却构思巧妙。一开始,作者就造语挺拔、起势突兀,说"叔"外出打猎,整条街巷突然变得空无一人,这种不寻常的场景立刻会引起人们的强烈兴趣。然而,这种极度夸张造奇的描写是"虚写",正如朱熹《诗集传》所说:"非实无居人也,虽有而不知叔之美且仁,是以若无人耳。""巷无居人"不过是用以突出作者的一种实实在在的主观感受而已。

另外,诗中提到的饮酒、服马,也绝非一般的饮酒作乐,它是一种诗的象征,其中蕴含的是当时崇拜的男性的力度和勇武,是一种阳刚之气,虽未免偏于表面和外在,但在人类早期的文化层面上,在人类主要还要靠气力与自然拼搏的时代,这作为男性美的突出特征,一直是人们咏唱的基本母题之一。

女曰鸡鸣

女曰鸡鸣,士曰昧旦①。子兴视夜②,明星

有烂③。将翱将翔④,弋凫与雁⑤。

弋言加之⑥,与子宜之⑦。宜言饮酒,与子偕老。琴瑟在御⑧,莫不静好⑨。

知子之来之⑩,杂佩以赠之⑪。知子之顺之⑫,杂佩以问之⑬。知子之好之⑭,杂佩以报之。

注释

① 士:青年男子美称。昧旦:天将亮未亮时,拂晓。昧,黑。旦,明亮。　② 兴:起床。视夜:观察夜色。　③ 明星:启明星。烂:灿烂,明亮。　④ 翱、翔:鸟飞翔状,比喻人的出外游逛。⑤ 弋(yì):射,用生丝作绳,系在箭上射鸟。凫:野鸭。　⑥ 言:连接助词,下同。加:射中。　⑦ 与:给予。宜:烹调菜肴。⑧ 琴瑟:两种乐器,二器合奏常作为夫妇恩爱的象征。御:弹奏。　⑨ 静好:美满和好。　⑩ 子:指妻子。来:同"徕",抚慰,慰劳。　⑪ 杂佩:身上佩戴的小饰品,用珠玉、象牙等制成。⑫ 顺:温和柔顺。　⑬ 问:馈赠。　⑭ 好:喜爱。

译文

妻说外面鸡已叫,夫说黎明天还暗。叫妻快起看夜色,启明星光多灿烂。妻说你到外面去,射些野鸭和飞雁。

打下鸭雁拿回家,为你做顿好饭菜。吃菜喝酒相对饮,和你一起成老伴。两人配合弹琴瑟,淑静恩爱多欢乐。

妻的体贴我知晓,我送杂佩你戴好。明白我妻多温馨,送你杂佩表我心。妻的一片真诚爱,杂佩报恩抒情怀。

解读

这是一首描写新婚夫妇深厚情意的爱情诗。全诗三章,用对话、联句的形式,表现了一对新婚夫妇情投意合、欢乐和好的家庭生活。诗的对话和联句形式,对后世诗歌影响很大,被尊为联句诗之祖,具有极高的艺术价值。

诗中表现了新婚夫妇亲密无间、和睦恩爱生活的一个片段,虽然是枕边絮语,但纯真高雅,充满了艺术情趣。第一章三段对话,无论从形式还是内容,都引人入胜,知情过来人无一不心领神会。第二章妻子紧接前章,以千般柔情、万般蜜意劝慰开导,借题发挥,既显示家庭主妇的地位,也表示对丈夫的体贴和疼爱。"宜言饮酒,与子偕老",已脱离原先的话题,成为一生爱情的誓言。"琴瑟在御,莫不静好"两句,很可能是诗人叙述中的插语。第三章是丈夫对妻子誓言的回复,却一句未提射弋,而是郑重解下杂佩盟誓。两人情真意切,热情和善良温暖着双方的心。

有 女 同 车

有女同车①,颜如舜华②。将翱将翔③,佩玉琼琚④。彼美孟姜⑤,洵美且都⑥。

有女同行,颜如舜英⑦。将翱将翔,佩玉将将⑧。彼美孟姜,德音不忘⑨。

顏如舜華

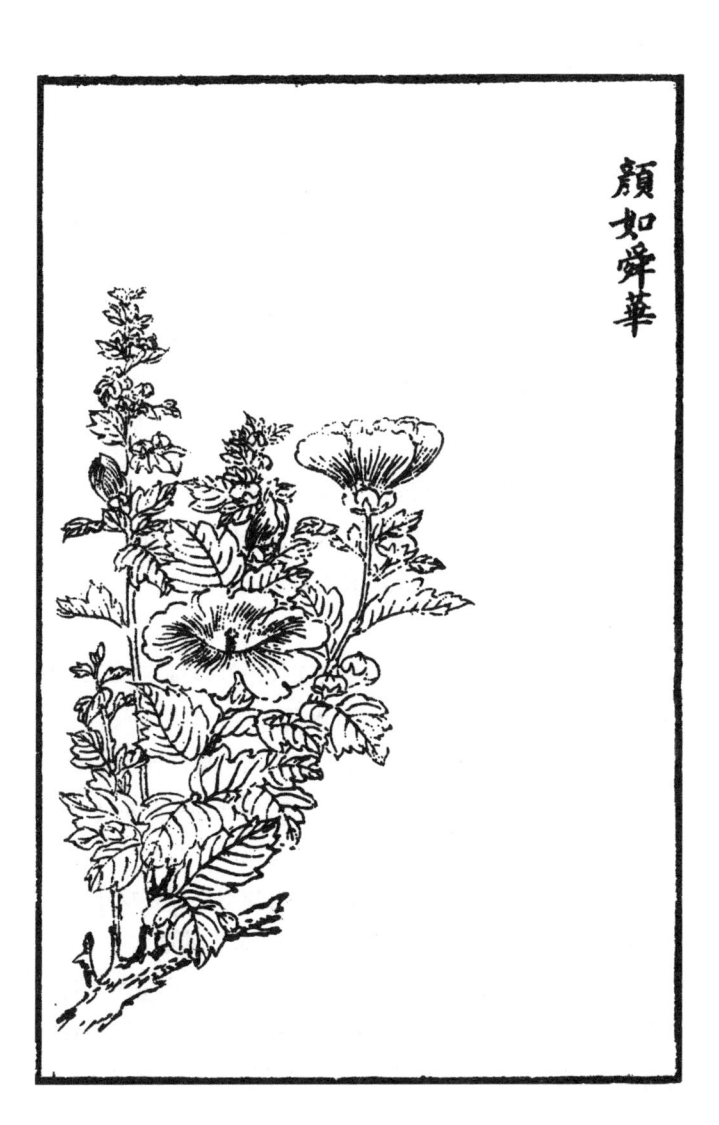

注 释

① 同车:乘同一辆迎亲车。 ② 颜:颜面。舜:灌木名,又名木槿,花很大,五瓣形,有白、红、淡紫等颜色。华:同"花"。 ③ 翱、翔:步履轻盈,到处游玩。 ④ 琼琚:美玉,这里是泛指玉佩饰件。 ⑤ 孟:排行老大。姜:姜姓女,这里可能是泛指。 ⑥ 洵:确实。都:娴雅大方。 ⑦ 英:花。 ⑧ 将将:同"锵锵",拟声词。 ⑨ 德音:良好声誉。

译 文

一位姑娘同车行,面如舜花真美丽。步履轻盈如飞鸟,身上戴着玉饰器。姜家大姐真是美,实在娴雅又大气。

一位姑娘同车厢,面如舜花真漂亮。步履轻盈如飞鸟,佩戴玉件响叮当。姜家大姐真是美,还有难忘好名誉。

解 读

这是一首上层社会的迎亲诗。《毛诗序》认为是郑国人在讽刺郑昭公,因为他拒绝了齐国国君想把女儿文姜嫁到郑国的要求,失去了通过婚姻与大国联盟的机会。这个提示虽然基于《左传》,但在作品中却很难发现必要的线索。即使把"孟姜"理解为对美女的泛称,也不影响诗歌取得的艺术成就。

全诗二章,每章六句。诗人眼中的姑娘不仅容貌姣好,更重要的是品德好、名誉好,和《关雎》中君子所追求的淑女一样。研究者注意到,一般描写美女的作品总不外乎"容饰"二字,本诗却选取了"同车""翱翔"等角度。程俊英先生认为,"容饰"是描写静态的美,而"同车""翱翔"则是描写动态,把人的活动和人的形态作了有机结合,刻画了一个朱颜娴雅、德音不忘的完整形象。其中尤以"翱翔"二字最是传神。姚际恒《诗经通论》说:"以其下车而行,始闻其佩玉之声,故以'将翱将翔'先之,善于摹神者。'翱翔'字从羽……此则借以言美人,亦如羽族之翱翔也。"这是一个很精彩、很细致的点评。

山有扶苏

山有扶苏①,隰有荷华②。不见子都③,乃见狂且④。

山有桥松⑤,隰有游龙⑥,不见子充⑦,乃见狡童⑧。

注释

① 扶苏:大树枝叶茂盛,如伞状,一说即棠棣。　② 隰(xí):低洼湿地。荷华:荷花。　③ 子都:古代著名美男子,这里用子都代表理想中的美男子。　④ 乃:反而。狂且(jū):疯癫轻狂的人。　⑤ 桥:同"乔",高大。　⑥ 游:枝叶舒展状。龙:同"茏",一种水边植物,又称荭草,夏秋开花,呈白色或淡红色。　⑦ 子充:古代著名善良男子,用以代表理想中的好人。　⑧ 狡童:对青年男子的戏称,有顽皮滑头的意思。

译文

山上大树枝叶茂,湿地有荷开了花。未见子都美男子,只有轻浮大傻瓜。

山上有棵大松树,湿地荭草开了花。未见子充好男子,只有机灵小滑头。

解 读

这是姑娘唱的一首玩笑戏谑诗。全诗二章,格调清新明快,比喻生动自然,很可能是恋爱中的姑娘因对方其貌不扬或嬉皮笑脸,唱出的一首戏谑嘲笑的短歌。这种即兴嘲弄,显示了姑娘内心的甜蜜和疼爱。"山有扶苏,隰有荷华""山有桥松,隰有游龙"四句,是比喻最理想、最完美的夫妻配合。高山与扶苏、桥松是天生一对、地生一双,隰地与荷华、游龙也是珠联璧合、相得益彰。姑娘言下之意,我如此美貌,理应和子都般英俊小伙结合,我如此淑静,理应和子充般忠厚男子配对,然而站在面前的,怎么是这个疯疯癫癫、不解人意的傻瓜,这个嬉皮笑脸、灵头俐脑的滑头?其实,从这首诗中我们看到了一幅生动活泼、充满生机的图画。诗中的"狂且""狡童"极为传神。狂、狡,都是在特定情境中故意引逗姑娘的词语,绝不是真正的疯癫愚笨和狡猾。

狡　　童

彼狡童兮①,不与我言兮。维子之故②,使我不能餐兮。

彼狡童兮,不与我食兮。维子之故,使我

不能息兮③。

注释
① 狡童:狡猾的小子,也可指负心之人。　② 维:为了,因为。　③ 息:安睡。

译文
这个狡猾的小伙呀,不肯和我再交谈呀。全是为了这缘故,使我无法吃下饭呀。

这个狡猾的小伙呀,不肯和我共进餐呀。全是为了这缘故,使我夜晚睡不安呀。

解读
这是一首妻子对丈夫的哀怨诗。全诗二章,句式为"四五四六"句。各章语词接近,每章只换两字。前两句为呼号,抒发了主人公的怨愤,最后一句也是呼号,流露出无限的悲伤。全诗文字朴实无华,近似口语,是即兴民歌的特征。

看得出,妻子与丈夫发生了严重矛盾,妻子几乎被抛弃。但感情依然,旧情不忘,可见妻子可悲的处境。第一、第二章呼应相承。"彼狡童兮,不与我言兮",不是说夫妻在路上相逢,丈夫掉头不顾,而是说夫妻同桌吃饭时,不像正常人家有说有笑,边吃边谈,而是丈夫只顾闷吃,对妻子不理不睬。所以妻子说"维子之故,使我不能餐兮"。第二章丈夫变本加厉,从同食而不语发展到不共饭桌。妻子依然忍受着,只是多了几声呼号。完全可以想象,不同语、不同桌、不同床,就是女主人公的悲惨遭遇。

溱　洧

溱与洧①,方涣涣兮②。士与女,方秉蕳兮③。女曰观乎?士曰既且④。且往观乎⑤?洧之外,洵讦且乐⑥。维士与女⑦,伊其相谑⑧,赠之以勺药⑨。

溱与洧,浏其清矣⑩。士与女,殷其盈矣⑪。女曰观乎?士曰既且。且往观乎?洧之外,洵讦且乐。维士与女,伊其将谑⑫,赠之以勺药。

注释

① 溱(zhēn)、洧(wěi):郑国的两条河名,都在今河南新密境内。　② 涣涣:水流荡漾状。　③ 秉:执、拿。蕳(jiān):一种著名的香草名,菊科。古人用蕳沐浴、洗头,驱除灾祸。　④ 既:已经。且(cú):同"徂",前往。　⑤ 且:再。　⑥ 洵:同"恂",诚然,真正的。讦(xū):宽大。　⑦ 维:语助词。　⑧ 伊:发语词。相谑:互相调笑。　⑨ 勺药:又名辛夷,草芍药,古人用以表恩情、结良约,是定情之物。　⑩ 浏其:即浏浏,水清状。　⑪ 殷:人众多状。盈:满。　⑫ 将谑:即相谑。

译文

溱水流,洧水淌,河水滚滚哗哗响。一群小伙和姑娘,手捧

贈之以勺藥

蕳草来观赏。姑娘问道:"去看吗?"小伙答道:"看过啦。""何不再去看一趟?洧水外边还有景,全是欢乐好地方。"小伙姑娘一起来,互相打闹开玩笑,临别还会送勺药。

溱水流,洧水淌,河水纯净又清凉。一群小伙和姑娘,拥挤热闹如潮样。姑娘问道:"去看吗?"小伙答道:"看过啦。""何不再去看一趟?洧水外边也好玩,都是迷人好地方。"小伙姑娘一起来,互相逗引开玩笑,临别还会送勺药。

解读

这是一首喜庆欢乐的诗歌。全诗二章,句式相当自由,既写风景,又写对话,还有联句。内涵丰富,场面宏大,在《诗经》中别为一种,开后世冶游艳诗之祖。据古今许多学者考证,这首诗反映了郑国一个重要的风俗。每年农历三月上旬的巳日(即第六天),无论男女贫富贵贱,都要到河边去洗掉身上的污垢,祭祀水神,并用泡了香草的水喷洒,认为这样可以祛病消灾。这个节日又称为"修禊"。三国以后改为三月三日,不再是巳日。《溱洧》就是写的这一个深受人们喜爱的节日。仲春三月,在流水涣涣的溱水、洧水河畔,一群男女青年愉快地相聚。诗歌记录了一个姑娘与一个小伙子的对话,虽然只有短短的几个字"观乎""既且""且往观乎",但已传神地再现了年轻人情真意切、卿卿我我的动人情景。两人来到河边广场上,众多男女谈笑风生,大家趁着这个机会,找自己的对象,对话、调笑、赠花,预定下次见面的日子,一派喜悦、欢乐的景象。

齐　风

鸡　　鸣

鸡既鸣矣,朝既盈矣①。匪鸡则鸣②,苍蝇之声。

东方明矣,朝既昌矣③。匪东方则明,月出之光。

虫飞薨薨④,甘与子同梦⑤。会且归矣⑥,无庶予子憎⑦。

注释

① 朝:上朝。盈:满,指上朝的人到齐了。由此可知诗中的男子是一位官吏,每天都要上朝应对。　② 匪:非。则:之、的。下章"匪东方则明"中的"则"同解。　③ 昌:盛大,隆重。　④ 薨(hōng)薨:群虫腾飞之声。　⑤ 甘:喜欢,乐意。同梦:同睡。　⑥ 会:朝会。且:即将。　⑦ 无庶:即庶无。庶,希望。予子憎:恨我与你。

译文

公鸡已经喔喔叫,大家都已去早朝。不是什么公鸡叫,那是苍蝇在喧闹。

你瞧东方已经亮,早朝已经挤满堂。不是什么东方亮,那是天上明月光。

你听飞虫闹哄哄,我爱和妻同入梦。朝会之人快回啦,别招人厌和恼恨。

解读

这是一首妻子催夫早起的诗,充满了生活气息和对现实生活的真切理解。

全诗三章,和《女曰鸡鸣》一样,也是问答联语句。前两章妻子、丈夫问答各两句,第三章顺序变换,丈夫先说,妻子后说。联语体诗歌最适宜于描绘亲密无间的人们之间的细腻感情。夫妻躺在床上,妻子催促丈夫快起来,上朝的人们都已走了,丈夫还恋着热被窝不肯动弹。妻子说鸡都叫了,丈夫说不是鸡叫,是苍蝇在嗡嗡。妻子说东方已亮了,丈夫又说那是天上的月亮。这不是听错,完全是丈夫对妻子的撒娇,故意和妻子胡搅蛮缠,是恩爱夫妻间常有的温情玩笑。第三章丈夫同妻子讲了实话。丈夫以"虫飞薨薨"比拟屋外的嘈杂,他抱紧妻子说:"我太喜欢和你同入梦乡了。"妻子对此不会无动于衷,但她考虑的是更现实的人际关系,她把对现实生活的了解,深刻地表现了出来。

东 方 未 明

东方未明,颠倒衣裳①。颠之倒之②,自公

召之③。

东方未晞④,颠倒裳衣。倒之颠之,自公令之。

折柳樊圃⑤,狂夫瞿瞿⑥。不能辰夜⑦,不夙则莫⑧。

注释

① 颠倒:手忙脚乱。衣裳:古代男子衣装分上衣和下衣,上衣称衣,下衣称裳,相当于围腰。 ② 之:指衣裳。 ③ 自:从。召:对下的召唤。 ④ 晞:天刚亮。 ⑤ 樊:篱笆,此处为动词"围",意为编篱笆。圃:菜园。 ⑥ 狂夫:疯子,狂徒。瞿瞿:瞪眼的样子。 ⑦ 辰:早。 ⑧ 夙:早。莫:同"暮",天黑。

译文

东方还未见太阳,上下不顾穿衣裳。乱穿衣裳为何故,官府召唤催得忙。

东方未明天刚亮,上下不顾穿裳衣。乱穿裳衣为何故,官府号令催得急。

折下柳条编园栏,狂夫临走瞪眼望。不分清晨和深夜,早上晚上都在忙。

解读

这是一首哀怨诗,主人公可能是任职于官府的小吏,作者也许是他的妻子。

折柳樊圃

全诗三章,精确地刻画了一位小官吏一个早晨的动作和神态。前两章有两句巧妙换位句"颠倒衣裳。颠之倒之""颠倒裳衣。倒之颠之",意思完全一致,但经过换位,感觉变了,诗的主题获得了深化。第三章差别很大,造成了诗篇结构的参差,这种现象也是《诗经》的特色之一。诗中的主人公天还没亮就匆忙起床,颠三倒四地把衣裳也穿反了,因为官府有令传出(还不是严格隆重的朝会)。此人对公事很重视,谨小慎微,生怕出现差错。临出门折柳编筥,瞪眼发呆,活脱脱一个被公事折腾得神情恍惚、疯疯癫癫的"狂夫",这种日子并不是一天两天,而是"不能辰夜,不夙则莫",几乎每天都如此。诗歌只写了某一天清晨发生的一个片段,但由于抓住了一些最典型的动作,便使人一叶知秋,了解了这位"狂夫"的可怜样。

卢 令

卢令令①,其人美且仁②。
卢重环③,其人美且鬈④。
卢重鋂⑤,其人美且偲⑥。

注 释

① 卢:黑色猎狗。令令:象声词,狗的颈圈所系铃的响声。
② 其人:猎人。仁:仁爱之心。 ③ 重环:大环内套一个小环。

④ 鬈:同"权",威武健勇之态。　⑤ 重铐(méi):大环内套两个小环。　⑥ 偲(cāi):多才,能干。

译文

猎狗铃环响叮当,猎人健美有爱心。

猎狗套上双环圈,猎人健美又精干。

猎狗套上三环圈,猎人健美有才干。

解读

这是十五《国风》中篇幅最短的一首诗,内容是赞美一位猎人和他的猎犬。《毛诗序》则说这是对特别爱好打猎的齐襄公的讽刺。《左传·庄公八年》(前686)、《公羊传·庄公四年》(前690)也都类似记载。

全诗三章,每章二句,章与章之间只变化二三字。程俊英先生估计,这可能是顺口溜一类的民歌。这种质朴而复唱的形式,属于早期民歌典型的风格。

第一章出场就是猎犬颈圈铃声。随着铃声,读者看到了猎人健美的体魄和充满仁慈之意的眼神。第二章的猎狗有了双重颈圈,铃声想必变得复杂,于是人们就更细致地看到了猎人的外表,对他的狩猎能力也产生了一些印象。诗中的"鬈"字,如按毛诗和《说文》的解释,是"发好"的意思,也就是头发天然弯卷,这个形象其实很不错,可惜历来解者倾向于从内在素质方面来考虑。第三章的情况同样如此,随着戴着三重颈圈的猎狗的出现,读者对猎人印象将更为深刻。对诗中一个"偲"字的解释,也存在外表和内在两个传统:朱熹《诗集传》说是"多须貌",类似络

112

腮胡;清初姚际恒也说是"多须之貌",给人一种粗犷勇武的想象。当然大部分人仍倾向于理解为才华出众。"诗无达诂",于此可见一斑。

敝　　笱

敝笱在梁①,其鱼鲂鳏②。齐子归止③,其从如云④。

敝笱在梁,其鱼鲂鱮⑤。齐子归止,其从如雨⑥。

敝笱在梁,其鱼唯唯⑦。齐子归止,其从如水⑧。

注释
① 敝:破旧的。笱(gǒu):捕鱼的竹篓。梁:为捕鱼而在河中筑起的堤。　② 鲂:鱼名,又称鳊鱼。鳏(guān):一种性喜独处独行的大鱼。　③ 齐子:齐国女子,指文姜。归:出嫁。止:助词。　④ 从:陪嫁者。　⑤ 鱮(xù):鱼名,又称鲢鱼。　⑥ 如雨:同"如云",比喻众多。　⑦ 唯唯:紧紧相随,比喻鱼多。　⑧ 如水:同"如云""如雨"。

译文
破旧鱼笱置鱼梁,鲂鳏大鱼进出忙。齐国女子要出嫁,仆从多如云一样。

破旧鱼笱置鱼梁,鲂鳏大鱼进出忙。齐国女子要出嫁,仆从密如雨一样。

破旧鱼笱置鱼梁,鱼儿连串进出忙。齐国女子要出嫁,仆从流动水一样。

解读

这是一首著名的讽刺诗,讽刺对象是齐国女子文姜,据说她与鲁桓公结婚前有与哥哥齐襄公私通的丑闻。鱼笱是用来捕鱼的特殊工具,鱼一旦入笱,即不能出。诗人用鲂、鳏、鲂等大鱼在破旧鱼笱中自由进出来暗指文姜私生活的不堪,已达到露骨和尖刻的程度。

全诗三章,结构用意完全一样,但讽刺的力度已层层加码。"齐子归止"是说文姜嫁到鲁国,"其从"如云、如雨、如水,按传统解释,云言盛也,雨言多也,水喻众也,这是只有王公贵族才会具有的排场。表面上看这是赞叹和炫耀,但实际上却是莫大的讽刺,因为在豪华阵容护卫下的是一个生活腐化、惹人耻笑的怪物。第三章"其鱼唯唯"很有特色,鲂、鳏、鲂等毕竟还是地位显赫的大鱼,到蜂拥而至、"唯唯"而入的时候,已经是大小不论、只要跟随就可自由出入的大众鱼了。居然会把堂堂的齐国公主、鲁国夫人写成这样一个无所不包、大小通吃的人,实在是匪夷所思的。

另外,说齐子"其从如云",也暗含"云"为飘浮不定、无心无情之物的意思。后世如陶渊明《归去来辞》"云无心以出岫"、《陈书·江总传》载《修心赋》"鸟稍狎而知来,云无情而自合"等,都涉及"云"这一物象在诗人笔下的复杂意蕴。

猗 嗟

猗嗟昌兮[1],颀而长兮[2]。抑若扬兮[3],美目扬兮。巧趋跄兮[4],射则臧兮[5]。

猗嗟名兮[6],美目清兮。仪既成兮[7],终日射侯[8],不出正兮[9],展我甥兮[10]。

猗嗟娈兮[11],清扬婉兮[12]。舞则选兮[13],射则贯兮[14],四矢反兮[15],以御乱兮[16]。

注释

[1] 猗(yī)嗟:叹词,同"于嗟""吁嗟"。昌:风华正茂,身体强壮。 [2] 颀:身长貌。 [3] 抑:通"懿",美。扬:神气昂扬。 [4] 巧趋:灵巧快步走。跄:步履有节奏,比喻舞姿。 [5] 射:射箭。则:法则。臧:善、好、熟练。 [6] 名:同"明"。 [7] 仪:射箭前各种准备姿势。成:完备。 [8] 侯:箭靶。 [9] 正:中心目标。 [10] 展:确实。 [11] 娈:俊俏。下句"婉"字同义。 [12] 清:眼睛美。扬:眉毛美。 [13] 选:整齐。 [14] 贯:射中,穿透。 [15] 四矢反:四箭反复射中同一个地方。反,重复之意。 [16] 御:抵抗。

译 文

风华正茂多美貌啊,身材威武高又高啊。天庭饱满多神气啊,明亮双目神飞扬啊。灵巧碎步身矫健啊,引弓射箭技高强啊。

美妙青春光照人啊,明亮双目清又纯啊。射箭准备已完成啊,射靶练武一天整啊。箭箭准确中靶心啊,不愧我的好外甥啊。

体魄健美令人赞啊,眉清目秀传柔情啊。舞姿蹁跹有节奏啊,每箭都可把靶穿啊。四箭连中一个点啊,平乱抗敌是这人啊。

解 读

这首诗是对一位健美艺高射手的赞美。全诗三章,全用赋法,除了第二章"终日射侯"句外,其他各句都有"兮"字虚字脚,显示了本诗作为赞美诗的重要特点,并可使感情在朗诵时得到最大的发挥。研究者发现,《诗经》305首中,《国风》使用"兮"字次数最多,前三位是《郑风》《齐风》《邶风》,分别为57次、42次和33次。关于使用"兮"字的区域分布,最盛为关东沿黄河流域的魏、桧、郑、卫一路迤东至齐地,位于西部的豳、秦和"二南"地区相对较少。年代是越早越少,《周颂》《商颂》为零次,西周的《大雅》31篇1次,西周末、东周初的《小雅》74篇37次,春秋的《鲁颂》4篇3次,春秋中叶至战国的"十五《国风》"使用最为频繁,直接接续并将其推向极致的,当然就是随后的《楚辞》了。

本诗第一章是赞美青年射手的健美体态,后两章则以夸张词句,塑造了一位具有神奇射技和矫捷身手的武士形象。全诗最有特色的是使用了一系列优美准确、传神隽永的形容词。每章第一句都是着重点不同的总括性评价。第一章"昌",偏重于外在性描绘体魄;第二章"名",偏重于渲染神采魅力;第三章"娈",偏重于夸张舞姿技艺。三个形容词虽然有相通之处,但冠于每章之首,却收到了提纲挈领、分门别类的效果。描写身材高大、健美,用"颀长";描写双目传情、神采奕奕,用"美目扬",描写双目纯净,用"美目清",可算是把目之"美"写足了。后人习用的"明眸善盼""明眸发清光""清澈如一池秋水"等,其语源概出于此。

魏 风

陟 岵

陟彼岵兮^①,瞻望父兮。父曰嗟予子^②,行役夙夜无已^③。上慎旃哉^④,犹来无止^⑤!

陟彼屺兮^⑥,瞻望母兮。母曰嗟予季^⑦,行役夙夜无寐^⑧。上慎旃哉,犹来无弃!

陟彼冈兮,瞻望兄兮。兄曰嗟予弟,行役夙夜必偕^⑨。上慎旃哉,犹来无死!

注释

① 陟(zhì):攀登。岵(hù):有草木覆盖的小山。　② 嗟:感叹词。予子:我的儿子,下两章的"予季""予弟"同,是父、母、兄对他的称呼。　③ 行役:出外服役。已:停止。　④ 上:同"尚",希望。慎:谨慎,保重。旃(zhān):之、焉合声,语助词。　⑤ 犹来:还是回来好。止:停留。　⑥ 屺(qǐ):没有长草木的山。　⑦ 季:小儿子。　⑧ 无寐:没有睡觉的时间。　⑨ 偕:俱,一样。

译文

登上那座青山冈,远隔空间把爹望。父亲叫声我的儿,早晚不停你真忙。千万小心多保重,最好赶快回家乡。

登上那座秃山顶,远隔空间望母亲。母亲叫我小儿子,早晚不睡干不停。千万小心多保重,最好回来不分离。

登上那座高山冈,远隔空间望兄长。哥哥叫声我的弟,早晚不分要累伤。千万小心多保重,最好回来不死亡。

解读

这是一首出门服役者独自吟唱的思乡诗。全诗三章,内容近似,情感一致,是典型的"一唱三叹"式。诗人不直接写征人思家,却写征人想象家人对他的挂念和反复叮嘱,比直述方法更为动人。该诗流传千古的原因,正在于它独特的视角和含蓄的诗境。诗中父、母、兄对服役者的叮咛不是服役者的回忆,而是服役者离家远行后,登高遥望,因思念父母兄长之情,转而猜想父母兄长此时也一定在想念自己,于是就模仿了他们的口气和口吻。这叫"己思之乃想人亦思己,己视人适见人亦视己",是心理学上常见的"移情"现象。这一诗境成为后世许多行旅诗中常见的内容。如唐代诗人刘得仁《月夜寄同志》"支颐不语相思坐,料得君心似我心",白居易《江楼月》"谁料江边怀我夜,正当池畔思君时",王建《行见月》"家人见月望我归,正是道上思家时",等等,都是与《陟岵》诗意相通的名句。

伐　　檀

坎坎伐檀兮①,寘之河之干兮②。河水清

且涟猗③。不稼不穑④,胡取禾三百廛兮⑤?不狩不猎⑥,胡瞻尔庭有县貆兮⑦?彼君子兮⑧,不素餐兮⑨!

坎坎伐辐兮⑩,寘之河之侧兮。河水清且直猗⑪。不稼不穑,胡取禾三百亿兮⑫?不狩不猎,胡瞻尔庭有县特兮⑬?彼君子兮,不素食兮!

坎坎伐轮兮⑭,寘之河之漘兮⑮。河水清且沦猗⑯。不稼不穑,胡取禾三百囷兮⑰?不狩不猎,胡瞻尔庭有县鹑兮⑱?彼君子兮,不素飧兮⑲!

注释

① 坎坎:伐木声。檀:木质坚硬,可用造车。 ② 寘:同"置"。干:岸。 ③ 涟:风吹起的水波纹。猗:同"兮",语气词。 ④ 稼:耕种。穑:收割。 ⑤ 胡:为什么。三百:极言其多,非实数。廛(chán):古代百亩为廛。 ⑥ 狩:冬猎。猎:夜猎。 ⑦ 庭:院子。县:同"悬"。貆(huān):野兽名,幼小的貉,或指獾。 ⑧ 君子:乡间财主,即上文的"尔"。 ⑨ 素餐:白吃饭不干事。不素餐,此为反讽,后两章"不素食""不素飧"同。 ⑩ 辐:能制作车轮辐条的木材,也就是檀木。 ⑪ 直:水中直波。 ⑫ 亿:周代以十万为亿,这里泛指庄稼数目之多。

⑬ 特：雄性野兽。　⑭ 轮：能制作车轮的木材。　⑮ 漘（chún）：水边。　⑯ 沦：起圈形的微波。　⑰ 囷（qūn）：圆形粮仓。　⑱ 鹑：鹌鹑。　⑲ 飧（sūn）：熟食，泛指吃饭。

译文

砍伐檀树咔咔响啊，砍下放在河岸上，河水清澈泛波浪呀。不种庄稼不收获，为啥粮食堆满仓？不狩不猎不出门，小貆怎会挂院墙？那些老爷君子啊，不会白白吃闲饭！

制作车辐咔咔响啊，来到河旁设工场，河水清澈顺直淌呀。不种庄稼不收获，为啥聚谷百亿万？不狩不猎不出门，雄兽怎会挂院墙？那些老爷君子啊，不会白白吃闲饭！

制作车轮咔咔响啊，来到河边设工场，河水清澈起波浪呀。不种庄稼不收获，为啥粮囤都冒尖？不狩不猎不出门，鹌鹑怎会挂院墙？那些老爷君子啊，不会白白吃闲饭！

解读

这是一首讽刺"君子"无功受禄、不劳而获的诗。全诗三章，属于《诗经·国风》中的长诗之一。虽然篇幅不短，但格局整齐，各章句字数目相等，韵脚位置相同。同时打破了《国风》常见的四言格式，形成了杂言体裁，回旋重叠的章句格式也使情绪获得有层次的宣泄。

诗中一群在河边砍伐檀木，准备给"君子"造车的工匠，在劳动间歇时抬头看见了堆满五谷的大仓库和挂满了兽物的大庭院，想起自己辛苦操劳，而那些君子却"不稼不穑""不狩不猎"，实在太不公平，于是就唱出了这首劳动即兴诗。诗歌没有诉苦，没有乞怜,既表现了劳动者倔强豪爽的性格,也体现了他们豁达开朗的气度。诗歌描写在微风吹拂下的河水,波纹有大小曲直的变化,十分动人。第一章"河水清且涟猗",是微风吹起的细细波纹。第二章"河水清且直猗",是微风吹起的平直波纹。第三章"河水清且沦猗",是微风吹起的圈形波纹。三种微妙精致的波纹,使一条小河富有生气。这就是秋水的特征,是充满美感的水的柔情。

唐 风

蟋 蟀

蟋蟀在堂①,岁聿其莫②。今我不乐,日月其除③。无已大康④,职思其居⑤。好乐无荒⑥,良士瞿瞿⑦。

蟋蟀在堂,岁聿其逝⑧。今我不乐,日月其迈⑨。无已大康,职思其外⑩。好乐无荒,良士蹶蹶⑪。

蟋蟀在堂,役车其休⑫。今我不乐,日月其慆⑬。无已大康。职思其忧。好乐无荒,良士休休⑭。

注释

① 堂:堂屋。蟋蟀入堂说明已入深秋。　② 聿(yù):遂,将。莫:同"暮"。　③ 日月:光阴。除:去。　④ 已:过度。大康:同"泰康",安乐,太平。　⑤ 职:尚,还要。居:人的处境。⑥ 好乐:欢乐、娱乐。无荒:不要太过放纵。　⑦ 瞿瞿:警惕、瞻前顾后状。　⑧ 逝:逝去。　⑨ 迈:过去。　⑩ 外:本职之外的事,或想不到的事,即意外。　⑪ 蹶蹶:动作敏捷状。　⑫ 役

蟋蟀在堂

车:服役的车辆。其休:将要休息。　⑬ 慆(tāo):过去。
⑭ 休休:安闲自得,乐而有节。

译文

蟋蟀跳进客堂来,一年将过天气寒。今不及时去寻乐,光阴一去不再还。不可过度求安逸,处境艰难应牢记。娱乐不应无止境,贤士警语刻在心。

蟋蟀跳进客堂来,一年马上要过完。今不及时去寻乐,光阴一去追不还。不可过度求安逸,应防意外思万一。娱乐不宜无止境,贤士勤快又机敏。

蟋蟀跳进客堂来,服役之车将回转。今不及时去寻乐,光阴一去叫不还。不可过度求安逸,忧患也该记心里。娱乐不宜无止境,贤士悠闲又清醒。

解读

这是一首岁暮述怀、自警自诫的诗。全诗三章,句式工整、对称。章首以"蟋蟀在堂"起兴,说明全诗的时间已到了深秋,点出了岁暮述怀的感情特征。

本诗作者可能是一位小官吏,这从第三章"役车其休"中可以推测出来。岁暮深秋、一片萧瑟中,他触景生情,不禁感叹光阴似箭、日月如梭。诗中"岁聿其莫""岁聿其逝"以及"日月"其除、其迈、其慆等,都寄托了这一情怀。对时间流逝的伤感,很自然地引发了他"岁不我待,及时行乐"的冲动。这并不是颓废,而是对人生、对短暂生命的热爱,"今我不乐,日月其迈",符合人之常情。然而,这种迫切感如得不到理智的引导,很可能就成为游戏人生的借口,昏君恣欲,屠夫晏安,荡子相诱,也都可以此为根据。在感慨人生的同时,诗人想到了自己的责任,想到了"良士"的"瞿瞿""蹶蹶""休休",表现出正直、健康的内心世界。《毛诗序》称赞他"忧深思远,俭而用礼,乃有尧之遗风焉",并非溢美之词。

山 有 枢

山有枢①,隰有榆②。子有衣裳,弗曳弗娄③。子有车马,弗驰弗驱④。宛其死矣⑤,他人是愉⑥。

山有栲⑦,隰有杻⑧。子有廷内⑨,弗洒弗埽⑩。子有钟鼓,弗鼓弗考⑪。宛其死矣,他人是保⑫。

山有漆⑬,隰有栗。子有酒食,何不日鼓瑟?且以喜乐⑭,且以永日⑮。宛其死矣,他人入室。

注释

① 枢:有刺的榆树。　② 隰:低湿地。　③ 曳:提起。娄:同"搂",拢起。曳、娄泛指穿戴。　④ 驰、驱:马拉车快跑。　⑤ 宛:同"苑",枯萎而死状。　⑥ 愉:享受。　⑦ 栲:栲树,木

山有樞

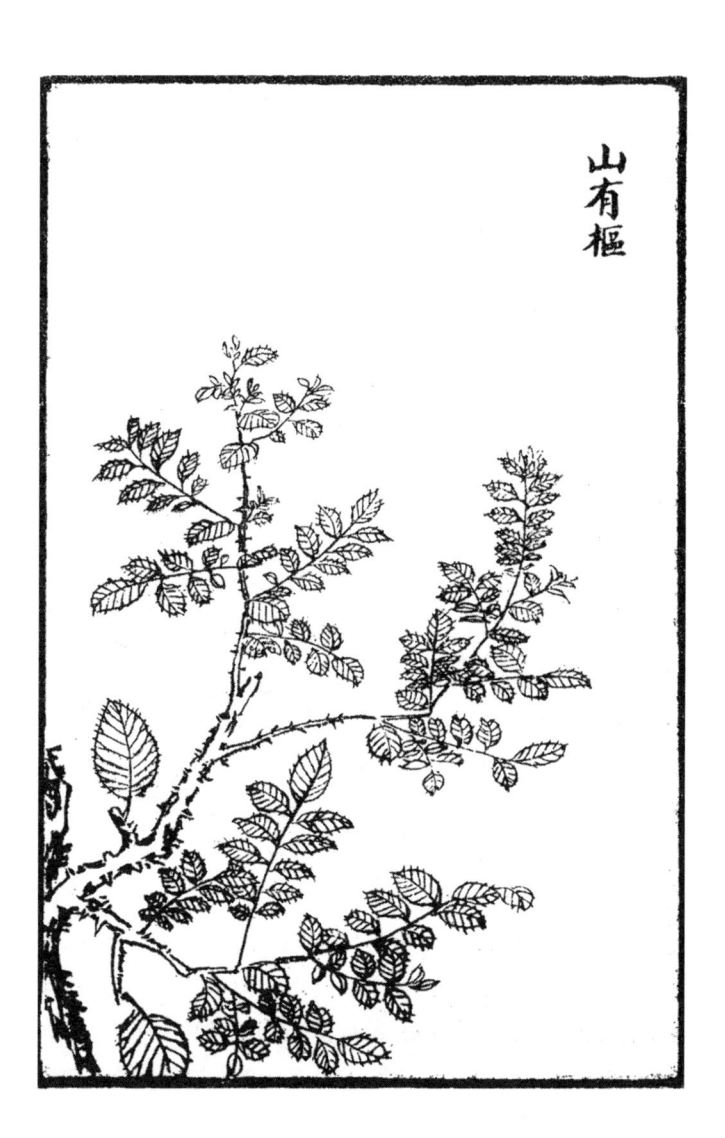

质坚硬,树皮可制栲胶。　⑧ 杻:一种优良的木材,大的可做棺,小的可做弓。　⑨ 廷:同"庭"。内:指堂室。　⑩ 埽:同"扫"。　⑪ 考:敲击。　⑫ 保:占有。　⑬ 漆:漆树。　⑭ 且:姑且。　⑮ 永日:延长岁月。

译 文

山上有树名叫枢,湿地长的是榆树。你有衣服又有裳,不穿不着家里放。你有车辆又有马,不乘不骑空装样。一旦躺倒死翘翘,全让别人喜洋洋。

山上有树名叫栲,湿地长的是杻树。你有堂屋又有房,从不打扫勉强住。你有乐钟又有鼓,不敲不打没音响。一旦躺倒死翘翘,就给别人占了去。

山上有树名叫漆,湿地长树名叫栗。你有美酒又有菜,何不每天奏乐玩?权且用它来助兴,权且用它尽日欢。一旦躺倒死翘翘,别人就会住进来。

解 读

这是一首讥刺嘲笑守财奴的诗。全诗三章,诗意层次大致相同。第一、第二句以高山、隰地各有所宜起兴,说明物尽其用、各得其所是大自然和人生的普遍规律;做人不应违反天道,要顺应自然。整首诗干脆利落,不拖泥带水。

这首诗与《蟋蟀》形式不同,但强调的主旨都是人生苦短,只不过《蟋蟀》的主人公是一位具有很强自制力的人,他在参透生死与行乐奥秘的同时,以强烈的社会责任重新约束自己,本诗作者却是把这个道理推向了极致。据《毛诗序》,这首诗是在讽刺晋昭公,因为他"有财不能用"。其实从诗歌的内容来看,他已是一个不可理喻的大傻瓜:有美衣不穿,有车马不乘,有庭院不洒扫,有钟鼓不擂不敲,有酒菜不吃不喝。诗人对他的开导虽然有些危言耸听,但道理是对的。一旦死去,他人"是愉""是保""入室",这种一针见血的实话正是守财奴最不愿听的。诗中写到六种树木,据后代植物学家考证,它们的生存环境和诗歌作者观察的结果是一致的。

绸　　缪

绸缪束薪①,三星在天②。今夕何夕③,见此良人④?子兮子兮⑤,如此良人何⑥?

绸缪束刍⑦,三星在隅⑧。今夕何夕,见此邂逅⑨?子兮子兮,如此邂逅何?

绸缪束楚⑩,三星在户⑪。今夕何夕,见此粲者⑫?子兮子兮,如此粲者何?

注释

① 绸缪:紧紧缠绕,此指情意绵绵。束薪:一捆捆的柴草。束薪与下两章的"束刍""束楚",都用来象征结婚。　② 三星:天空中最亮的三星,有参宿三星、心宿三星、河鼓三星等。"三"也可为虚数。三星在天是指新婚之夜。　③ 今夕何夕:今天晚

上是什么日子？这是闹新房的人故意戏问新娘的话。　④良人：古代妇女称丈夫为良人，此指新郎。　⑤子：可指新娘，也可指新郎。　⑥如此良人何：把良人怎么样？以下两章末句语法同。　⑦束刍：一捆捆的牧草，用于喂养迎亲马。　⑧隅：角落，指天空的一角。　⑨邂逅：不期而遇，这里作名词，意为结婚对象。　⑩束楚：一捆捆的荆条。　⑪在户：当户，三星对着门窗，夜已深。　⑫粲者：美人，此指新娘。

译文

紧紧缠好柴草把，三星高高天上挂。今夜是何好时辰，见这可爱心上人？叫声新娘你听好，你把新郎怎么疼？

紧紧缠好牧草把，三星偏斜天边挂。今夜是何好时辰，两人相遇来成婚？叫声新娘你听好，你把新郎怎么认？

紧紧缠好荆条把，三星低低门前挂。今夜是何好时辰，见到如此美丽人？叫声新郎你听好，你将如何爱美人？

解读

这是一首祝贺新婚的诗。全诗三章，以"绸缪""三星"起兴，言简意赅地交代了本诗新婚之夜贺婚歌的主题。三章内容基本一致，但指称的对象有变化。第一章"子"为新娘；第二章"子"可以为新娘，也可以为新郎；第三章"子"则一定是新郎。通过指称对象的变化，诗歌显得非常活泼有趣。

这首贺婚诗情绪欢快，语词诙谐，看得出作者与新婚夫妇关系密切融洽，诗中的戏谑玩笑也说明这是在闹新房。第一章"今夕何夕，见此良人"，显然是在笑嘻嘻地盘问新娘："如此良人何?"这问题新娘怎么敢回答?第二章"今夕何夕,见此邂逅",似乎是同时向新婚夫妇发问,类似要新人介绍恋爱经过。第三章不客气地指向了新郎:"今夕何夕,见此粲者?子兮子兮,如此粲者何?"这简直是要新郎交代自己的新婚计划,实在富有戏剧性和刺激性。如果没有前两章的铺垫,这个问句的内涵绝不会如此深。"子兮子兮"一句中有两个"兮"字,是《诗经》"兮"字用法中的重叠式,相同诗句有《邶风·简兮》的"简兮简兮",《鄘风·君子偕老》的"玼兮玼兮",《郑风·萚兮》的"萚兮萚兮",虽然仍是语助词,但已经不是简单为了拉长声调,而是具有"呼唤"效果的感叹词了,语法上显然已与一般的"兮"字有所差别了。

葛　生

葛生蒙楚①,蔹蔓于野②。予美亡此③,谁与独处④?

葛生蒙棘,蔹蔓于域⑤。予美亡此,谁与独息?

角枕粲兮⑥,锦衾烂兮⑦。予美亡此,谁与独旦⑧?

夏之日,冬之夜,百岁之后⑨,归于其居⑩。

冬之夜,夏之日,百岁之后,归于其室⑪。

注　释

①蒙:覆盖。楚:紫荆。　②蔹(liǎn):草名,蔓生植物。③予美:我的好人,这里是妻子对亡夫的称呼。亡:死亡。④与:相与同居。独处:独自居住。　⑤域:墓地。　⑥角枕:用牛角缀饰的枕头。粲:同"灿"。　⑦锦衾:用锦缎做的被子。烂:灿烂绚丽。　⑧独旦:独睡到天亮。　⑨百岁之后:人死之后,犹今语"百年之后"。　⑩居:死者居住之处,即坟墓。⑪室:死者的墓室。

译　文

葛藤爬满紫荆树,蔹草蔓延荒野处。我的好人离我去,谁能伴我守空房?

葛藤爬满有刺树,蔹草蔓延绕坟墓。我的好人已离去,谁能与我同呼吸?

角枕晶莹光灿灿,锦被绚丽真灿烂。我的好人离我去,谁能伴我度长夜?

夏季白天冬季夜,百年之后再相见,回家和你住一间。

冬季黑夜夏白天,百年之后再相见,和你同墓同室眠。

解　读

这是一位妇女悼念去世丈夫的诗。全诗五章,前三章句式相同,后两章有两个三字句,层次穿插,结构多变。前两章起兴相同,结尾相似;后三章类似赋式,但结尾又与前两章相似,形成一种复叠感,有助于表达作者悲伤的心情。最后两章虽无呼号,但胜似呼号,使得主人公的悱恻伤痛更加含蓄深沉。

本诗可以被看作悼亡诗之祖。主人公孤苦无依,形影相吊,夏日苦长,冬夜难熬,诗中这些描写,极其真切典型地塑造了一位寡居妇人的惨境。从第三章所说"角枕粲兮,锦衾烂兮"来看,妇人家境并不贫寒,她的苦和惨,是失去爱人,是独耗青春、虚度光阴,三个谁与"独处""独息""独旦",把少妇内心的煎熬淋漓尽致地抒写了出来,读到第三章时,会很容易联想到白居易《长恨歌》中的名句"鸳鸯瓦冷霜华重,翡翠衾寒谁与共"。一个是哀悼亡夫,一个是追忆爱妾,情同意同,两诗相通,白居易把这首《葛生》诗的意韵用活、用绝了。

秦 风

蒹 葭

蒹葭苍苍①,白露为霜。所谓伊人②,在水一方③,溯洄从之④,道阻且长⑤。溯游从之⑥,宛在水中央⑦。

蒹葭凄凄⑧,白露未晞⑨。所谓伊人,在水之湄⑩。溯洄从之,道阻且跻⑪。溯游从之,宛在水中坻⑫。

蒹葭采采⑬,白露未已⑭。所谓伊人,在水之涘⑮。溯洄从之,道阻且右⑯。溯游从之,宛在水中沚⑰。

注 释

① 蒹葭:芦苇。苍苍:茂盛深色状。　② 伊人:那人,指所思慕的人。　③ 一方:一旁。　④ 溯洄:逆流向上。从:追寻,探求。　⑤ 阻:险阻,崎岖。　⑥ 溯游:顺流而下。　⑦ 宛:好像,仿佛。　⑧ 凄凄:同"萋萋",茂盛状。　⑨ 晞:干。　⑩ 湄:水草交接处,即岸边。　⑪ 跻:高起,登上高处。　⑫ 坻(chí):水中小沙洲。　⑬ 采采:众多的样子。　⑭ 已:停止。

蒹葭蒼蒼

⑮ 涘:水边。　⑯ 右:向右转,形容道路弯曲。　⑰ 沚:水中小沙滩,比坻稍大些。

译文

芦苇密密又苍苍,晶莹露水结成霜。我的心中好人儿,伫立在那河水旁。逆流而上去找她,道路险阻又太长。顺流而下去寻她,仿佛就在水中央。

芦苇茂盛密又繁,晶莹露水还未干。我的心中好人儿,伫立在那河水边。逆流而上去找她,道路崎岖难登攀。顺流而下去寻她,仿佛就在水中滩。

芦苇片片根连根,清晨露水未全收。我的心中好人儿,伫立河边似天神。逆流而上去找她,路途艰险如弯绳。顺流而下去寻她,仿佛就在水中洲。

解读

这是一首美丽凄婉的情诗,小伙子追求意中人最终而不能得。全诗三章,都以"蒹葭""白露"起兴。三章结构相同,情绪舒缓,娓娓道来,没有奇文怪句,而以对称周密见长。尤其最后四句,更是展开了想象的翅膀,令人赞颂不已。结局出人意料,点出了全诗主题,增添了一种朦胧的美感。

深秋清晨,空气清冷,河边芦苇片片,飒飒有声。白露结成霜花,与苍绿的苇叶一起,合成一种萧瑟的气象。一位痴情小伙,心中热恋着一位姑娘,想找她,可又找不到。他在河边徘徊往复,神魂颠倒,浮想联翩,思绪万千。姑娘身影若隐若现,看之似有,觅之又无。整个诗境充满了一种朦胧的色彩。这是浪漫主义诗歌中一种典型的诗境,《周南·汉广》已有"汉有游女,不可求思"的美境,这首《蒹葭》更集中体现了这一创作手法的美妙动人。后世诗文中此类企慕而不得的故事极多,如《汉书·李夫人传》中,武帝与李夫人的故事情景交融,情真意切,也是流传千古的佳构之一。

黄　　鸟

交交黄鸟①,止于棘②。谁从穆公③?子车奄息④。维此奄息,百夫之特⑤。临其穴⑥,惴惴其栗⑦。彼苍者天,歼我良人⑧!如可赎兮,人百其身⑨!

交交黄鸟,止于桑。谁从穆公?子车仲行。维此仲行,百夫之防⑩。临其穴,惴惴其栗。彼苍者天,歼我良人! 如可赎兮,人百其身!

交交黄鸟,止于楚。谁从穆公?子车鍼虎。维此鍼虎,百夫之御⑪。临其穴,惴惴其栗。彼苍者天,歼我良人! 如可赎兮,人百其身!

注　释

① 交交:同"啾啾",鸟叫声。　② 棘:酸枣树。"棘"与下两章的"桑""楚"等小树,都不是黄雀应该停的地方。　③ 从:从死,即殉葬,活埋。穆公:春秋时代秦国的国君,当时五霸之一。　④ 子车奄息:人名,姓子车,名奄息,与下文的仲行、鍼(qián)虎同时称为秦国的"三良"。穆公死时,殉葬者共177人,其中就有这3位贤臣。　⑤ 特:匹敌。　⑥ 穴:墓穴。　⑦ 惴惴:心中害怕状。栗:战栗,发抖。　⑧ 歼:杀害。良人:善良的人。⑨ 人百其身:人们甘愿用百人的性命来赎代他。　⑩ 防:抵挡,堪当。　⑪ 御:抵挡。

译　文

　　黄鸟啾啾鸣不停,停在那棵棘树上。谁跟穆公一起去? 子车奄息去陪葬。就是这位好奄息,百条好汉没他强。临近坟墓朝下看,战战栗栗心发慌。问声苍天你在哪,杀我好人为哪桩? 如果可以赎他命,愿用百人来抵偿。

　　黄鸟啾啾鸣不停,停在那棵桑树上。谁跟穆公一起去? 子车仲行去陪葬。就是这位好仲行,百条好汉难抵挡。临近坟墓朝下看,战战栗栗心发慌。问声苍天你在哪,杀我好人为哪桩? 如果可以赎他命,愿用百人来抵偿。

　　黄鸟啾啾鸣不停,停在那棵荆树上。谁跟穆公一起去? 子车鍼虎去陪葬。就是这位好鍼虎,百条好汉没他强。临近坟墓朝下看,战战栗栗心发慌。问声苍天你在哪,杀我好人为哪桩? 如果可以赎他命,愿用百人来抵偿。

解读

　　这是一首悼亡诗,秦人为"三良"的惨死而作。全诗三章写三人,结构相同,赞语、描述、呼号、祈求都相同,充分表达了秦人对"三良"陪葬的高度同情和强烈悲愤。据文献记载,前621年,秦穆公去世。根据遗言和制度,秦廷将他宠爱的妃妾、子女、大臣共177人同时陪葬,成为当时一件大惨案。诗中的奄息、仲行、鍼虎三兄弟也在其中。秦国人民悲伤不已,于是就创作了《黄鸟》以示哀悼。全诗气氛悲惨阴暗,怨愤之情溢于言表,被称为中国古代挽歌之祖。

　　诗歌称颂了三兄弟武艺高强,同时心地善良、性格柔弱,他们虽然对死亡"惴惴其栗",但仍服从君命,走向墓穴。这一细节更加增强了人们的同情,希望苍天能挽救"三良",别让"三良"毫无价值地去死。在这里我们已能看到人道和人权思想的萌芽。最后两句是祈求,意思不是真的要用百人去换三人,而只是一种对舍生取义的高度同情。《黄鸟》诗的产生、流传,对结束中国古人殉葬制度起过巨大的作用,历史学家对它也有很高的评价。

陈 风

衡 门

衡门之下①,可以栖迟②。泌之洋洋③,可以乐饥④。

岂其食鱼⑤,必河之鲂⑥?岂其取妻⑦,必齐之姜⑧?

岂其食鱼,必河之鲤?岂其取妻,必宋之子⑨?

注释

① 衡:同"横",横木为门,指简陋的房屋,也有人认为是指陈国的一座城门名。　② 栖迟:休息。　③ 泌:泉水名,位于陈国,也有人说是鱼名,即鲅鱼。洋洋:水很大。　④ 乐:借为"疗",治疗。疗饥即充饥,或忘却饥饿。　⑤ 岂其:难道。
⑥ 河:黄河。鲂:鱼名,即鳊鱼。　⑦ 取:同"娶"。　⑧ 齐之姜:齐国姜姓之女。　⑨ 宋之子:宋国子姓之女。

译文

来到一座衡门下,可以休息把气喘。泌泉水涌成一片,可以减轻饥饿感。

难道你要吃鱼鲜,只能黄河大鲂鱼?难道你要娶妻室,只能齐国姜姓女?

难道你要吃鱼鲜,只能黄河大鲤鱼?难道你要娶妻室,只能宋国子姓女?

解读

这是一首以安于贫贱状态为自我安慰的诗。全诗三章,情诚语直,信口而出,思路贯通流畅,毫不矫揉造作,是典型的民歌风格。当世之人如果醉心富贵,竞相奢华,必定烦恼不断,而贤者却能甘贫无求,隐居自乐。第一章描绘了主人公在衡门之下而不嫌其简陋,以泌泉之洋洋水景缓解饥饿之感。《毛诗传》解释"乐饥"是"可以乐道亡饥",很有见地。清初学者姚际恒说"乐饥犹饥乐,谓虽饥亦乐",也可以成立。后两章重沓叠奏,反复咏唱,章法结构完全一致。前两句都说不强求品质高贵,吃鱼未必非吃黄河的鲂鱼和鲤鱼;后两句都说娶妻不看门第,未必娶贵族之女。

由此可见,作者一定是一个鄙视奢侈、自得其乐的人。他不渴求美味佳肴,不艳羡高堂大屋,不攀附权势富豪,表现了《诗经》时代的一种精神风尚。后世许多文豪如班固、蔡邕等,常把"衡门栖迟""泌水乐饥"作为安贫乐道的典故,就充分说明了这一特点。陈国位于黄河、淮水之间,有汴、颍两大支流,是可追溯至炎黄、尧舜的古国,也是中华古代文明发源地之一。顾祖禹《读史方舆纪要》"陈州"称其地"原隰沃衍,水流津通",中华民族就是在这里实现农业定居的。梁启超《中国文明之传播》曾评价陈地"实我国所当纪念最古之圣地也"。

月 出

月出皎兮①。佼人僚兮②。舒窈纠兮③,劳心悄兮④。

月出皓兮⑤。佼人懰兮⑥。舒忧受兮⑦,劳心慅兮⑧。

月出照兮⑨。佼人燎兮⑩。舒夭绍兮⑪,劳心惨兮⑫。

注释

① 皎:皎洁,洁白光明。　② 佼:同"姣",美好。僚:同"嫽",美丽。　③ 舒:舒缓,也可作为发声字,同"吁"。窈纠:形容女子体态苗条状。　④ 劳心:忧心。悄:深深忧虑状。　⑤ 皓:光明。　⑥ 懰(liú):妩媚可爱。　⑦ 忧受:形容女子走路婀娜徐舒状。　⑧ 慅(cǎo):忧愁不安。　⑨ 照:光明。　⑩ 燎:明亮,漂亮。　⑪ 夭绍:女子体态轻盈状。　⑫ 惨:同"懆",焦躁、烦躁状。

译文

月亮升起真皎洁,美人艳丽好容貌。苗条身材缓缓走,惹人动情心旌摇。

月亮升起放光明,美人容颜水灵灵。婀娜移步徐徐走,好像忧烦不安宁。

月亮升起真灿烂,美人漂亮不平凡。体态轻盈款款走,引我相思心烦躁。

解读

这是一首优美伤感的月下抒怀诗。全诗三章,特点是反复咏叹,句句押韵。由于用词变化,因此句法虽复叠而不显单调。写作语言可能是陈国方言,如全诗只有"月""人""心"三个名词和"出"一个动词,其余除十二个"兮"字外都是形容词("兮"字的使用频率为全诗字数的百分之二十五,为《诗经》之最),这种用法在《诗经》中不多见。由于全诗特重声韵效果,读起来悦耳动听,因此被后世奉为《诗经》中的情诗代表作。

这首月下恋歌寄托着主人公对心上人深深的眷恋,但可望而不可即的实情,又引动小伙子心中的烦闷和焦虑。全诗以月出起兴,既写景,又抒情,赞叹了姑娘如洁白的月光那样美丽。她体态轻盈,婀娜多姿,款款细步,姗姗而来,挑起小伙子心潮如涌,急不可耐。而这一切又都在若有若无、虚无缥缈、朦胧隐约之间,使他只能望月兴叹,发而为歌了。本诗形容词丰富多彩,极有特色,诗人就像一位画家,用绚丽而多变的形容词创作了一幅月下美人图。

泽　　陂

彼泽之陂①,有蒲与荷②。有美一人,伤如

之何③?寤寐无为④,涕泗滂沱⑤。

彼泽之陂,有蒲与蕑⑥。有美一人,硕大且卷⑦。寤寐无为,中心悁悁⑧。

彼泽之陂,有蒲菡萏⑨。有美一人,硕大且俨⑩。寤寐无为,辗转伏枕。

注释

①泽:池塘。陂:水边,堤岸。 ②蒲:水草,叶狭长柔软。荷:荷花。古人以蒲喻男,以荷喻女。 ③伤:忧思。 ④寤寐:醒着和睡着。 ⑤涕:眼泪。泗:鼻涕。滂沱:大雨倾盆状。 ⑥蕑(jiān):兰草。 ⑦硕大:体态丰满肥胖。卷:同"婘",美好。 ⑧悁悁:忧闷状。 ⑨菡萏:荷花。 ⑩俨:端庄文静。

译文

在那池塘水岸边,蒲草荷花一片片。一位美丽好姑娘,思念她如煎熬般。日夜相思睡不着,泪流涕零水涟涟。

在那池塘水岸旁,既有蒲草又有兰。一位美丽好姑娘,体态丰满多漂亮。日夜相思睡不着,心中忧闷难舒畅。

在那池塘水岸边,蒲草菡萏叶叶连。一位美丽好姑娘,体态丰满又庄严。日夜相思睡不着,翻来覆去伏枕边。

解读

这是一首描写小伙子因追求姑娘而始终不成,最后痛苦煎熬、夜不能寐的诗歌。

144

全诗三章,用层层递进的手法表现人物的情感变化,细致生动。三章句法基本一致,唯首章第四句与后两章不同。这种写法使得第一章具备了"序章"的作用,表明诗歌已逐渐脱离原始民歌的朴素状态,艺术水准明显提高。

诗歌描写失恋者情绪变化的三个层次。首章"伤如之何"是心烦意乱,不知所措。沉重的打击使他号啕大哭,"涕泗滂沱",虽然很夸张,但也生动传神。第二章"有美一人,硕大且卷",用"硕大"来形容姑娘,在春秋时代是美称,直到唐宋时,美女的理想体态仍是"骨细肌丰",所谓"粉肥雪重,燕赵秦娥"。第三章"有美一人,硕大且俨","俨"是形容姑娘端庄文静,雍容大方,不轻佻,不浮夸,给人一种淑女闺秀的庄严美。总之,诗歌给读者的回味是无穷的。

桧 风

素 冠

庶见素冠兮①,棘人栾栾兮②。劳心慱慱兮③。

庶见素衣兮④,我心伤悲兮。聊与子同归兮⑤。

庶见素韠兮⑥,我心蕴结兮⑦。聊与子如一兮⑧。

注释

① 庶:希望,幸而。素冠:未染色的帽子,在家居丧的帽子,不是丧服,是孝服。　② 棘人:在家居丧者因悲痛而消瘦。棘,贫瘠。栾栾:瘦瘠状。　③ 劳心:忧愁、操劳之心。慱(tuán)慱:忧愁而瘦弱状。　④ 素衣:未染色的衣服,守孝所穿。　⑤ 聊:且愿。同归:一起去世。　⑥ 素韠(bì):白绢制成的围裙,守孝服装之一种。　⑦ 蕴结:郁结,困惑。　⑧ 如一:共同归天。

译文

幸而见到素色帽啊,棘人已经变容貌啊,操心忧伤瘦弱状啊!

幸而见到素色衣啊,我是心痛又伤悲啊,但愿与你同归天啊!

幸而见到素色韠啊,我心郁闷气不顺啊,但愿与你永不分啊!

解读

这是一首悼亡诗。程俊英先生的理解是:"一位妇女,见到丈夫遗容憔悴,心为之碎,表示宁可伴着他一起死。"清初学者姚际恒则认为:"此诗本不知指何事何人,但劳心伤悲之词,同归如一之语,或如诸篇以为思君子可,一位妇人思男亦可。"也就是说,这首诗的意蕴是开放性的,但悼伤同情的情绪特征是显而易见、毫无疑问的。

西汉刘向《列女传》记载了春秋齐国杞梁的妻子哭悼亡夫的故事。杞梁随齐庄公偷袭莒国,战死疆场,"杞梁之妻无子,内外皆无五属之亲,既无所归,乃枕其尸于城下而哭。内诚动人,道路过者莫不为之挥涕,十日而城为之崩"。时人称赞"杞梁之妻,贞而知礼。《诗》云'我心伤悲,聊与子同归',此之谓也"。故事中所引的诗句正出于《素冠》。

全诗三章,各章开首都用了"庶"字,也就是"幸而"之意,这是全诗最重要的一个字,把整个场景的气氛完全调动起来,震撼人心的悲剧力量就是从这里升起,使得该诗成为回荡在人们心头数千年的哀歌。

隰有苌楚

隰有苌楚①,猗傩其枝②。夭之沃沃③,乐子之无知④。

隰有苌楚,猗傩其华。夭之沃沃,乐子之无家⑤。

隰有苌楚,猗傩其实。夭之沃沃,乐子之无室⑥。

注释

① 隰(xí):低洼的湿地。苌楚:藤科植物,即阳桃。　② 猗傩:音、义都同"婀娜",可形容枝叶摇曳之美,也可形容花朵果实繁茂之美。　③ 夭:茁壮青嫩状。之:语气词,同"兮"。沃沃:光泽肥硕状。　④ 子:指阳桃,对阳桃的拟人化处理。无知:无知无欲。　⑤ 无家:没有家庭牵累。　⑥ 无室:无妻室。

译文

低洼湿地有苌楚,枝叶婀娜像舞蹈。青翠茁壮泛光泽,羡你无知无烦恼。

低洼湿地有苌楚,花朵婀娜像跳舞。青翠茁壮泛光泽,羡你单身无家小。

低洼湿地有苌楚,果实累累随风舞。青翠茁壮泛光泽,羡你无妻不会吵。

解读

这是一首感慨人生的诗。全诗三章,通过对苌楚的拟人化处理来抒发对人世烦忧的感叹。三章分别写"枝""华""实",描绘手法一致,用词一致,抒发的情怀也一致。

作者以苌楚为抒泄情怀的对象,并非特别钟爱于它,而是借题发挥,偶然见到随风起舞的苌楚如此自得其乐,顿时心动,一阵感叹夺口而出,这也是咏物抒怀诗的共性所在。全诗的情绪比较低落,后人以桧国将亡作为诗的背景固然牵强,但诗人是一位饱经沧桑且深知世态炎凉、人生艰辛的老人,则是可以相信的。他见苌楚虽是天生地长的无心之物,却还能夭沃茂盛,作为万物之灵的人类却整天纠缠争斗,伤身伤神;欲望的暂时满足不仅未能延年益寿,反而增添了无限烦恼,时光飞逝,只留下一片叹息、几声懊悔。这一诗境以其悲凉深刻影响了后世一大批文学作品,人们在忧伤时欣赏这类作品,最能感受到它的凄婉之美。

曹　风

蜉　　蝣

蜉蝣之羽①,衣裳楚楚②。心之忧矣,于我归处③。

蜉蝣之翼,采采衣服④。心之忧矣,于我归息。

蜉蝣掘阅⑤,麻衣如雪⑥。心之忧矣,于我归说⑦。

注释

① 蜉蝣:小昆虫名,形似天牛,触角短,翅膀半透明,能飞,常在夏天日落后成群飞舞,成虫生存期很短,有朝生暮死之说。② 衣裳:上下身衣服,此为双关语,用衣裳比喻蜉蝣的翅膀。③ 于:义通"何",表示疑问。归处:归宿之地。下两章"归息""归说"同。　④ 采采:华丽华美状。　⑤ 掘:同"堀",初生昆虫的幼虫破蛹而出,穿透地面。阅:同"穴"。　⑥ 麻衣:白麻制成的衣服,上层人士平时所穿,用以比喻蜉蝣翅膀。如雪:形容蜉蝣羽翼的鲜洁。　⑦ 说:同"税",停止,休息。

译文

蜉蝣一对小翅膀,真像透明新衣裳。深深忧虑埋心中,我将存身在何方?

蜉蝣一对小翅膀,衣服华丽真漂亮。深深忧虑在心里,我在何处可休息?

蜉蝣穿穴飞出来,就像雪白麻衣衫。忧虑深藏在内心,我的归宿何处寻?

解读

这是一首叹息人生短促的诗,作者可能是一位曹国贵族。曹国的开国之君是周武王的弟弟振铎,建都于陶丘(今山东定陶西南);传二十四世至曹伯阳时,于鲁哀公八年(前487)灭亡于宋国。由于曹国位于鲁、卫、宋国之间,很难在大国的政治角力中有所作为,因此曹国统治者日夜沉溺于酒池肉林。对命运有所感触的贵族诗人虽锦衣玉食,仍不免感叹前途渺茫,人生短促,所以就以蜉蝣为题,作诗抒情。全诗三章,可代表四字四句连环体的《诗经》基本形式。

蜉蝣成虫寿命不长,短的数小时或一到两天,长的不过一周,一般均朝生暮死。生命这般短促,却有一对光彩夺目的翅膀。可不管羽翼如何光鲜,也终不过昙花一现,转眼归于尘土。作者转眼至人世,发现人又何尝不是这样?从短命的蜉蝣联想到人生的短暂以及生命的脆弱,人间诸般繁华,也不过是过眼云烟,任何人都无法抗拒生命的逝去。敏感的诗人对迅速逝去的生命感到伤痛,对浮生若梦的年华感到怅惘,对魂归何处更是感到恐惧。诗中隐透着诗人对生命的无比眷恋,对美好年华的依依不舍。全诗的情调低沉消极。

鸤鸠

鸤鸠在桑①,其子七兮②。淑人君子③,其仪一兮④。其仪一兮,心如结兮⑤。

鸤鸠在桑,其子在梅⑥。淑人君子,其带伊丝⑦。其带伊丝,其弁伊骐⑧。

鸤鸠在桑,其子在棘⑨。淑人君子,其仪不忒⑩。其仪不忒,正是四国⑪。

鸤鸠在桑,其子在榛⑫。淑人君子,正是国人⑬。正是国人,胡不万年⑭?

注释

① 鸤鸠:鸟名,古代对布谷鸟的称呼。 ② 其子七:七为虚数。 ③ 淑人:贤人。 ④ 仪:态度。 ⑤ 心如结:比喻用心专一,不二三其德。 ⑥ 梅:梅树,梅杏之梅。 ⑦ 带:贵族佩戴的大带,用素丝编成。伊:是。丝:白丝。 ⑧ 弁:皮帽。骐:原指黑色条纹白马,这里指青黑色绸制的帽饰。 ⑨ 棘:带刺的小树,或称酸枣树。 ⑩ 忒(tè):偏差,过失。 ⑪ 正:领导。四国:泛指各国。 ⑫ 榛:矮小的榛树。 ⑬ 国人:国中之人,不含被统治者。 ⑭ 胡:何。万年:长寿,永远。

译文

鸤鸠站在桑树端,生下小鸟有七只。善良正直是君子,态度原则很一致。态度原则很一致啊,心智如一要坚持。

鸤鸠站在桑树端,小鸟飞向梅树枝。善良正直是君子,佩戴大带是丝织。佩戴大带是丝织啊,皮帽要用黑绸饰。

鸤鸠站在桑树端,小鸟飞向棘树枝。善良正直是君子,态度原则不偏执。态度原则不偏执啊,四方各国所坚持。

鸤鸠站在桑树端,小鸟飞向榛树枝。善良正直是君子,国人主张成现实。国人主张成现实啊,怎不万年永在世。

解读

这是一首对贵族统治的赞美诗,如朱熹所说,这是一首"美诗"。全诗四章,以匀称见长,各章首两句写布谷鸟和幼雏,后四句则延伸至理想中的君子应该怎样处世待人,如何坚持原则,从而映托出主题所在。程俊英先生曾经指出,这首诗在结构上的重要特点就是叠句的大量使用:"本诗的各章都重复歌唱'其仪一兮''其带伊丝''其仪不忒''正是国人',将'淑人君子'的形象渲染得更加鲜明,他是有言行一致、服饰端正、仪态不差、领导国人的风度。四个叠句紧接在'淑人君子'句下,是每章中的关键所在,使歌功颂德的意味更加强烈,给读者的印象也更为深刻。如果配上亡佚的乐谱歌唱起来,相比效果更佳。"这个分析是相当中肯的。

就全诗的章法而言,鸤鸠起到了"先言他物以引起所咏之词"(朱熹《诗集传》)或"触物以起情"的"兴"的作用,同时兴中有比,这在第一章的首两句中可以发现。它是从正面入手,从反面见意,即看似歌颂,却意在陈古以讽今,这种手法总体上是使用得很成功的。

豳 风

七 月①

七月流火②,九月授衣③。一之日觱发④,二之日栗烈⑤。无衣无褐⑥,何以卒岁⑦?三之日于耜⑧,四之日举趾⑨。同我妇子⑩,馌彼南亩⑪,田畯至喜⑫。

注 释

①《七月》是《国风·豳风》七篇的第一篇,共八章,每章十一句,是《国风》中最长的叙事诗。为便于阅读和理解,以下分章注、译和解读。　②七月:夏历七月。流:向下移动。火:星辰名,又称大火,每年夏历五月黄昏出现在南方,方向最正,位置最高,六月以后偏西下移。　③授衣:把裁制冬衣的工作交给妇女去做,然后发给农人。　④一之日:夏历十一月;下文二之日、三之日、四之日,分别为夏历十二月、一月、二月。觱(bì)发:大风吹到物体时发出的声音。　⑤栗烈:凛冽,寒气刺骨。⑥褐:粗布衣。　⑦卒岁:度过寒冬残年。　⑧于耜:意为修理犁具。耜,一种犁。　⑨举趾:举足下田,开始春耕。　⑩妇子:妻子儿女。　⑪馌(yè):送饭。南亩:南面的土地。　⑫田

畯:掌管耕种的管家。

译文

七月火星移向西,九月妇女缝寒衣。十一月北风呼啸过,十二月寒气刺骨里。粗布衣衫也没有,如何过冬御寒气？一月犁具修理好,二月春耕下田地。携同妻子和儿女,把饭送到南边地,管家心里真欢喜。

解读

第一章写七月至次年二月,从岁寒授衣写到春耕生产。此时,火星由正南而偏西,是暑气已退、寒气将至的标志,诗人因此而想到天寒授衣之事。"九月授衣"是诗人根据时令发出的呼吁,对天气渐冷而寒衣未备的情况流露出忧虑,以下便转到写"食"。姚际恒《诗经通论》提示:"首章以衣食开端。'七月'至'卒岁'言衣,'三之日'至末言食。衣以御寒,故以秋冬言之;农事则以春言之。"本章前半用夏历月份表示时令,后半改用周历月日。

七月流火,九月授衣。春日载阳①,有鸣仓庚②。女执懿筐③,遵彼微行④,爰求柔桑⑤。春日迟迟⑥,采蘩祁祁⑦。女心伤悲,殆及公子同归⑧。

注释

① 春日:夏历三月。载:开始。阳:天气和暖。　② 仓庚:

黄莺。　③ 懿筐：采桑用的一种深底筐。　④ 遵：沿着。微行：小路。　⑤ 爰：前往。柔桑：嫩桑叶。　⑥ 迟迟：以太阳移动变慢比喻白天渐长。　⑦ 蘩：草名，亦名白蒿。祁祁：形容采蘩女很多的样子。　⑧ 殆：将要，开始。公子：豳公的儿子。归：隐含出嫁的意思。

译文

七月火星移西方，九月缝衣天已凉。三月初春天已暖，枝头黄莺开始唱。姑娘手提深竹筐，碎步走在小路旁，她是前去采嫩桑。春天白昼渐渐长，采蘩人群开始忙，姑娘伤春心难受，将和公子去拜堂。

解读

以上是第二章。从三月说起，写春天农村妇女从事蚕桑劳动。春光明媚，万物复苏，是一年中最好的日子，可是农民们却不易领略春天的欢乐。"春日迟迟"两句是从劳动者的感觉上着笔的，他们由于厌倦采蘩，觉得春天太阳运行速度特别缓慢，蘩已采了很多，天色居然还不晚。但最使人烦闷的，还是"殆及公子同归"。程俊英先生解释："公子，指豳公的儿子……（女子）怕被公子带回家去，这便是'女心伤悲'的原因。反映了奴隶社会奴隶人身不自由的现象。"姚际恒《诗经通论》把"公子"理解为"谓豳公之子，乃女公子也"，即豳公的女儿。"女心伤悲"是因为采桑女不想成为豳公女儿的陪嫁。

七月流火，八月萑苇①。蚕月条桑②，取彼

斧斨③。以伐远扬④,猗彼女桑⑤。七月鸣鵙⑥,八月载绩⑦。载玄载黄⑧,我朱孔阳⑨,为公子裳。

注释

① 萑(huán)苇:荻草和芦苇。　② 蚕月:养蚕的月份,指三月。条:同"挑",修理。　③ 斨(qiāng):手柄方孔的砍斫具,圆孔为斧。　④ 远扬:长得过高的桑树枝。　⑤ 猗:拉着。女桑:初生的嫩桑叶。　⑥ 鵙(jú):鸟名,俗名伯劳鸟。　⑦ 绩:纺织。　⑧ 玄:黑而带红的颜色。　⑨ 孔:很、非常。阳:鲜明。

译文

七月火星向西偏,八月荻苇好开镰。三月动手修桑树,斨具在手往上攀。高枝长条要砍去,拉住短枝采嫩叶。七月鵙鸟声声唱,八月纺麻织布忙。染成黑色染成黄,我染红色最明亮,为那公子做衣裳。

解读

以上是第三章。"蚕月",即次年夏历三月。诗人由蚕桑劳动说到布帛衣料的制作,他从八月收割芦苇用作来年蚕箔,联想到下年开春蚕桑之事,再回到当前的织布染色。"为……裳"可能就是"作嫁衣",如果真是这样,就能理解上一章"女心伤悲"的原因,很可能确如姚际恒所说,是当豳公女儿的陪嫁。

四月秀葽①,五月鸣蜩②。八月其获③,十月陨萚④。一之日于貉⑤,取彼狐狸,为公子裘。二之日其同⑥,载缵武功⑦。言私其豵⑧,献豜于公⑨。

注释

① 秀:抽穗。葽(yāo):草名,可入药。　② 蜩(tiáo):蝉。③ 其:将要。　④ 陨萚(tuò):草木枝叶凋落。　⑤ 于貉(hé):前去捕貉。貉似狐,又称狗獾。　⑥ 同:会合。　⑦ 缵:继续。武功:指狩猎。　⑧ 私:私人占有。豵(zōng):小野猪。　⑨ 豜(jiān):三岁的大野猪。公:公家,公室。

译文

四月葽草抽了穗,五月知了声声脆。八月庄稼要收割,十月风吹落叶坠。十一月去打狗獾,逮住狐狸好喜欢,狐皮制裘公子穿。十二月份齐会合,继续打猎练武功,小猪留下自己吃,奉献大猪给王公。

解读

以上是第四章。先讲四月、五月的物象,借以表示时间的推移,与上一章"蚕月"相衔接;然后写八月秋收以后的打猎活动。高亨先生解释这段诗文:"农奴们结队去给农奴主打猎……农奴打猎也是为了继续练习武事……小兽归己,大兽献给农奴主。"

较有争议的是"一之日于貉,取彼狐狸,为公子裘"。姚际恒解释:"不惟貉非狐狸,狐与狸亦别。稚子皆知,乃以貉、狐、狸三者为一物,有此格物否?且若曰'往取狐狸',又曰'取彼狐狸',亦无此重叠文法也。'为公子裘',应上'为公子裳'。"

第二、第三、第四章是接第一章前半段分述有关"衣"的内容。

五月斯螽动股①,六月莎鸡振羽②。七月在野③,八月在宇④,九月在户,十月蟋蟀入我床下。穹窒熏鼠⑤,塞向墐户⑥。嗟我妇子,曰为改岁⑦,入此室处⑧。

注释

① 斯螽(zhōng):蚱蜢。股:大腿,古人以为蚱蜢是用摩擦大腿来发声的。 ② 莎鸡:昆虫名,即纺织娘,俗名蝈蝈。 ③ 野:田野。本句及以下三句的主语都是蟋蟀。 ④ 宇:屋檐,这里指屋檐下。 ⑤ 穹窒:堵好墙洞。 ⑥ 塞向:堵塞北窗。墐:用泥涂抹门缝。 ⑦ 曰:发语词。改岁:更改年岁,指过年。 ⑧ 处:居住。

译文

五月蚱蜢忙摩腿,六月蝈蝈振翅膀。七月蟋蟀在田野,八月来到屋檐下。九月跳进房门内,十月到我床下藏。堵好墙洞烟熏鼠,和泥抹门封北窗。叫声妻子与儿女,准备除旧迎新岁,快

六月沙雞振羽

点住进这间房。

解读

以上是第五章。由上一章为裘御寒,过渡到为自己修缮破屋过冬。所提及的斯螽、莎鸡动作和蟋蟀所在位置的迁移,都是在表示季节更替,气候由暑入寒。本章最有意思的是七、八、九、十月描写的对象。从东汉郑玄开始,都认为是写蟋蟀。《毛诗笺》:"自七月在野,至十月入我床下,皆谓蟋蟀也。"高亨也这么看:"以上四句均写蟋蟀,随着天气转冷,蟋蟀也由在野、在宇、在户而钻到床底过冬。"程俊英更指出这是巧妙的修辞:"但是直到第四句才出现主语蟋蟀,这在修辞上称为'探下省略法'。……方玉润评曰:'其体物微妙,又何精致乃尔。'"钱锺书还提示,这不仅是"本句倒装,而是一个'跨句倒装'"。只有清初姚际恒嘲笑郑玄以来的"蟋蟀说",认为"五、六、七、八、九、十,六句一气直下,文义自明。首言斯螽、莎鸡,末言蟋蟀,中三句兼三物言之,特以斯螽、莎鸡不入人床下,惟蟋蟀则然,故点蟋蟀于后"。

六月食郁及薁①,七月亨葵及菽②。八月剥枣③,十月获稻。为此春酒④,以介眉寿⑤。七月食瓜,八月断壶⑥,九月叔苴⑦,采荼薪樗⑧。食我农夫⑨。

七月烹葵及菽

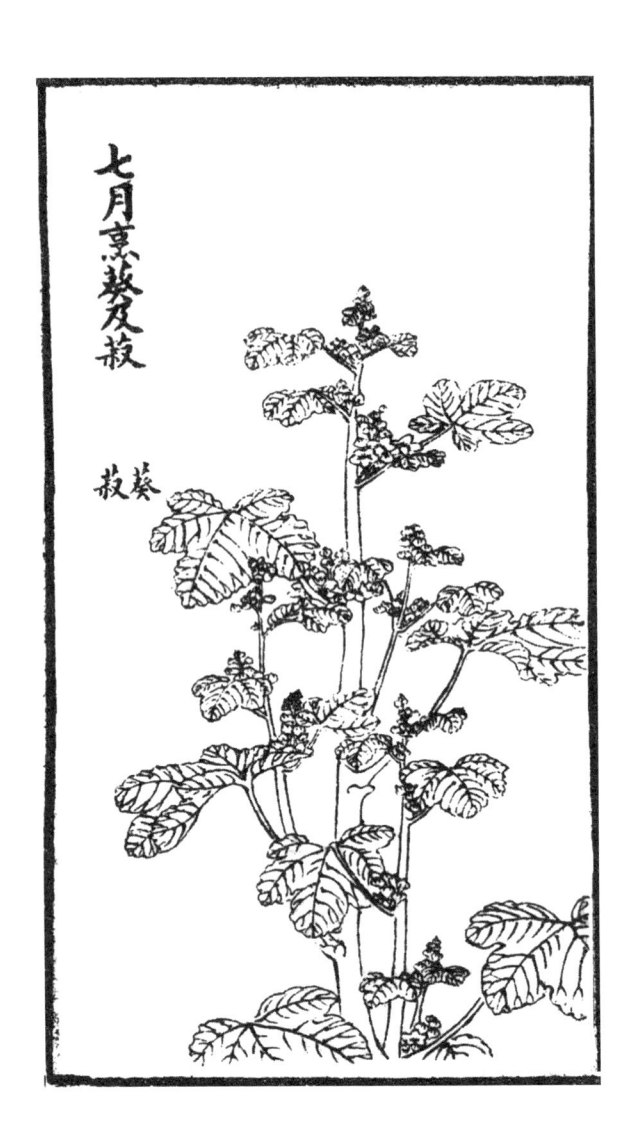

菽葵

注释

① 郁:小灌木,果实名郁李。薁(yù):野葡萄。　② 亨:同"烹"。葵:一种蔬菜。菽:豆类。　③ 剥:同"扑",打、敲。　④ 春酒:用枣和稻酿酒,因冬季酿、春季喝,故称"春酒"。　⑤ 介:祈求。眉寿:人老了,眉上长出的长毛,称为"寿眉",后称长寿为"眉寿"。　⑥ 断:摘下。壶:葫芦。　⑦ 叔:拾取。苴(jū):青麻籽。　⑧ 荼:苦菜。薪:作动词用,砍伐烧柴。樗(chū):乔木名,俗称臭椿树。　⑨ 食:动词,意为喂食物。

译文

六月吃郁尝薁果,七月煮葵吃豆菽。八月打落大红枣,十月秋收割稻谷。以此酿成好春酒,喝酒来求长寿眉。七月会有大瓜吃,八月葫芦可以收,九月采拾青麻籽,收集苦菜砍樗枝,给我农夫做饭吃。

解读

以上是第六章。从六月说起,从"农"而入"食",写夏秋之际果蔬稻酒一类农事。六月吃郁李和葡萄,七月吃葵果和大豆,八月吃大枣,十月收稻谷。冬天酿酒春天喝,暖身暖心求健康。七月吃瓜,八月收葫芦,九月收麻籽榨油,砍柴晒草。诗中的"以介眉寿"者,显然不是与"我农夫"同类者,他们与"我农夫"在社会身份上存在差别。但即便如此,他们的生活与"农夫"紧紧联系在一起,构成一个共同体。

九月筑场圃^①,十月纳禾稼^②。黍稷重穋③,禾麻菽麦④。嗟我农夫,我稼既同⑤,上入执宫功⑥。昼尔于茅⑦,宵尔索绹⑧,亟其乘屋⑨,其始播百谷⑩。

注释

① 场圃:打晒所收粮食的场院。 ② 纳:收藏。 ③ 黍:小米。稷:高粱。重(tóng):同"穜",早种晚熟的谷子。穋(lù):晚种早熟的谷子。 ④ 禾:粟米。 ⑤ 同:集中,聚集。 ⑥ 上:同"尚",还得。执宫功:负担修建宫室的任务。 ⑦ 尔:语助词。于:取。 ⑧ 索:搓、绞。绹:绳索。 ⑨ 亟:同"急",赶快。乘屋:盖房顶。 ⑩ 其始:将要,开始。

译文

九月修好打谷场,十月庄稼要入仓。黍稷晚谷和早谷,粟麻豆麦全上场。叹我农夫真辛苦,收我庄稼刚结束,又要修宫服劳役。白天外出去割茅,夜晚还要搓绳套,匆忙抓紧盖屋顶,春播马上要进行。

解读

以上是第七章。写庄稼收获入仓后,还要为田主的家事提供服务。《韩诗外传》中,子贡对孔子说他想要在耕田活动中休息一下,孔子引《七月》的第七章诗句"昼尔于茅,宵尔索绹,亟其乘屋,其始播百谷"说:"为之若此,其不易也,若之何其休也。"本章的难点是理解这几种物品的具体用途,比如"昼尔于茅""宵尔索绹"中的"茅""索绹"究竟是用在何处之物。以往的解释是用在修房之时,但姚际恒问:"治屋用索何为?"东汉郑玄说"以待时用",却又没说大概何时何用,因此等于没说。唐代孔颖达说是可能"为蚕用",姚际恒仍感到"恐亦臆说"。他的意见:"于茅、索绹亦非一事,茅非可为索也,茅或为蚕用,古人藉物多用茅。索则不知其何用也。"其存疑的态度还是谨慎可取的。

二之日凿冰冲冲①,三之日纳于凌阴②。四之日其蚤③,献羔祭韭④。九月肃霜⑤,十月涤场。朋酒斯飨⑥,曰杀羔羊,跻彼公堂⑦。称彼兕觥⑧,万寿无疆!

注释

① 冲冲:凿冰的声音。 ② 凌阴:藏冰的地窖。 ③ 蚤:同"早",指早晨的仪式。 ④ 羔:小羊。韭:韭菜。 ⑤ 肃霜:即"肃爽",天高气爽。 ⑥ 朋酒:两坛酒。斯:指酒。飨:以酒食招待客人。 ⑦ 跻:登上。公堂:乡民集会之地。 ⑧ 称:举起。兕觥(sì gōng):形状如犀牛的青铜酒器。

译文

十二月凿冰通通响,一月送冰进窖藏。二月一个大清早,羊羔嫩韭献庙堂。九月天高气又爽,十月扫清打谷场。两壶美酒大家喝,又杀大羊和小羊。登上台阶进公堂,高举兕觥来祝酒,祝愿万寿永无疆!

解 读

以上是第八章,写从事储冰备暑和准备祭祀用品一类杂役,以及举行年终宴会的情况。储冰的过程非常生动,严冬季节到山谷中去凿冰,取回藏入冰窖,以供夏天时使用。夏天开窖取冰前还要举行献羊羔和韭菜的仪式。"跻彼公堂"之"公堂",《毛诗传》说是"学校也",这说明古代的学校不仅用于教育,也是公众集会举行仪式的场所。

《七月》全诗描绘了周代农业的广阔画面,读者可以据此诗了解当时的天文气象、农时历法、昆虫鸟兽、四季植物,还有各种副业,如养蚕、纺织、印染、酿酒、狩猎、冷藏、建筑、制绳、裁衣、皮革、修理农具等,几乎涉及了现代农副业的一切领域,真可说是一部周代农业的百科全书。诗中还反映了当时祭神、祝寿庆典的情况,在何时进行,用何物祭奠,按何种程序,发表何种祝词,这些细节都被描绘得活灵活现、趣味盎然。诗歌还涉及了当时农民的生活状况,升平之中也有辛酸,艰苦的劳动、俭朴的生活,与公子王孙的豪华形成对照。诗歌第二章是一首少女伤春诗,在整部作品中可看作一个美丽小插曲。诗人用"迟迟"来描绘春天,真是生花妙笔。暖暖的太阳照在身上,浑身舒软,慵然已有倦意,俗语所说"春困"就是这种感觉。人一困就觉得太阳的行动似乎也迟缓了,情景如此交融,她要准备和公子一起去拜堂了。在《召南·野有死麕》中,有"有女怀春"句,但是有情无景,不像这首诗中有春日、仓庚鸣、柔桑等做铺垫,因而自然亲切、感人至深。可以这样说,《七月》第二章是中国古代"伤春"诗之最古老、最杰出的典范。

鸱　　鸮

　　鸱鸮鸱鸮①,既取我子②,无毁我室③。恩斯勤斯④,鬻子之闵斯⑤。

　　迨天之未阴雨⑥,彻彼桑土⑦,绸缪牖户⑧。今女下民⑨,或敢侮予⑩?

　　予手拮据⑪,予所捋荼⑫。予所蓄租⑬,予口卒瘏⑭,曰予未有室家⑮。

　　予羽谯谯⑯,予尾翛翛⑰,予室翘翘⑱。风雨所漂摇,予维音哓哓⑲!

注　释

① 鸱鸮(chī xiāo):鸟名,俗称猫头鹰,民间认为象征不吉利,比喻坏人。　② 取:夺取。子:雏鸟。　③ 无:同"勿"。　④ 恩、勤:即殷勤,勤劳。斯:语气助词。　⑤ 鬻(yù)子:即养育幼子。闵:生病。　⑥ 迨:及,趁着。　⑦ 彻:同"撤",剥取。桑土:筑巢用的桑枝或桑树皮及泥土。　⑧ 绸缪:紧密缠绕,捆扎,喻筑造。牖户:窗门。这里指鸟巢的缝隙。　⑨ 女:同"汝"。下民:鸟巢下的人们。　⑩ 或:有的人。侮:侮辱。这里指破坏鸟巢。　⑪ 拮据:过度辛劳导致手指僵直。　⑫ 捋:自

上而下地抹、摘。荼:芦苇花。　⑬ 蓄:积。租:同"苴",干茅草,衬垫鸟窝用。　⑭ 卒瘏(tú):劳苦致病。口卒瘏指口腔疾病。高亨认为这句似乎应位于"予手拮据"之下。　⑮ 曰:发语词。未有室家:巢穴尚未筑好。　⑯ 谯谯:羽毛枯黄状。⑰ 翛(xiāo)翛:羽毛残缺干缩状。　⑱ 翘翘:居高不稳,比喻摇摇欲坠危险状。　⑲ 予维:当作"维予",维,发声词。哓(xiāo)哓:声音恐惧状。

译文

鸱鸮鸱鸮请听好,你已夺我小雏鸟,可别再毁我鸟巢。我是殷勤又劳苦,为育下代已病倒。

趁着未到阴雨天,剥取桑土把巢编,窝巢漏缝要塞填。你们鸟巢下面人,竟然有人欺负咱。

我手累得已僵硬,捋摘荼花备好料,积下许多白茅草,我的嘴巴已生病,至今还未筑好巢。

我的羽毛已枯焦,我的尾翼太干燥,我的巢穴很不稳,风吹雨打一直摇,胆战心惊高声叫!

解读

这是《诗经》中唯一的禽言诗,借母鸟辛苦筑巢来抒发自我困苦的处境。

母鸟的巢穴遭猫头鹰洗劫,雏鸟被掠走,鸟窝也不成样,母鸟悲痛交加,回想自己养育子女多么辛苦,一面伤心,一面还不得不把鸟巢修好,这样才能抵御外敌,阻挡风寒。母鸟日夜操劳,找干草,补漏洞,哪怕爪子受伤,鸟喙得病,羽毛焦黄,尾翼干枯,窝还是没有修好。一遇刮风下雨,就又摇又晃,使得母鸟心惊胆战,怕鸟巢再次倾覆,更担心猫头鹰重返,惊恐之中还发出了声嘶力竭的尖叫。诗中描绘的情景触目惊心,令人不寒而栗。诗人正是借母鸟的不幸遭遇,抒写自身同样凄惨的处境。他可能正遭遇到灾祸,妻离子散,家庭破碎,但他还是努力重建家园,面对外界的欺凌,他希望自己能够有一个安全的住所。

这首诗肯定是有所寄托的,但所指何人何事,却不得而知。《毛诗序》称:"《鸱鸮》,周公救乱也。成王未知周公之志,公乃为诗之遗王,名之曰《鸱鸮》。"《史记·鲁世家》也有类似记载,加上孔子、孟子都提到此诗,所以后人深信不疑。程俊英先生说:"此诗通篇用兴法,并含有寄托的意义,这种手法在《诗经》中是罕见的。……此后,从屈原美人香草开始,这种'文小指大''类迩义远'的寄托的表现手法,在诗歌中是越来越常见了。"这一观点是可以接受的。

东　　山

我徂东山①,慆慆不归②。我来自东,零雨其濛③。我东曰归,我心西悲。制彼裳衣④,勿士行枚⑤。蜎蜎者蠋⑥,烝在桑野⑦。敦彼独宿⑧,亦在车下。

我徂东山,慆慆不归。我来自东,零雨其

濛。果裸之实⑨,亦施于宇⑩。伊威在室⑪,蟏蛸在户⑫。町疃鹿场⑬,熠耀宵行⑭。不可畏也,伊可怀也⑮。

我徂东山,慆慆不归。我来自东,零雨其濛。鹳鸣于垤⑯,妇叹于室⑰。洒扫穹窒⑱,我征聿至⑲。有敦瓜苦⑳,烝在栗薪㉑。自我不见,于今三年。

我徂东山,慆慆不归。我来自东,零雨其濛。仓庚于飞㉒,熠耀其羽。之子于归,皇驳其马㉓。亲结其缡㉔,九十其仪㉕。其新孔嘉㉖,其旧如之何㉗?

注释

① 徂:往,到。东山:地名,在今山东曲阜,又名蒙山。 ② 慆(tāo)慆:长久。 ③ 零雨:细雨。 ④ 裳衣:平常的服装。 ⑤ 勿士:不从事。士,即"事"。行枚:古人行军时口衔小棍避免出声,这里用"行枚"引申为征战。 ⑥ 蜎(yuān)蜎:昆虫蠕动状。蠋(zhú):毛虫,即野山蚕。 ⑦ 烝:长久。 ⑧ 敦:身体蜷缩成团。 ⑨ 果裸:即瓜蒌,植物。 ⑩ 施:同"移",蔓延。 ⑪ 伊威:昆虫名,今名地鳖虫,生于阴暗潮湿处。 ⑫ 蟏蛸(xiāo shāo):虫名,长脚小蜘蛛。 ⑬ 町疃(tuǎn):田舍旁空地。鹿场:鹿群栖之地。 ⑭ 熠耀:光芒闪闪的样子。宵行:萤

熠燿宵行

火虫。　⑮伊:是。　⑯鹳:水鸟名,形似白鹤。垤(dié):土丘。　⑰妇:征人之妻。　⑱穹窒:堵墙洞。　⑲聿:语助词。　⑳有敦:敦敦,圆圆的。瓜苦:即苦瓜。圆形苦瓜可用于婚礼。　㉑栗薪:即束薪,古代婚礼上用以象征夫妻爱情之物。　㉒仓庚:黄莺。　㉓皇:黄白相间之色。驳:红白色马。这些马都是指迎娶新娘的马。　㉔亲:指妻子的母亲。缡:女子佩巾。女儿出嫁时,母亲把缡系在女儿身上,称为"结缡"。　㉕九十:形容繁多。仪:仪式,礼节。　㉖新:新婚。孔:很。嘉:美满。　㉗旧:久别。

译文

　　我到东山去打仗,久久不能回故乡。今天我从东山回,细雨蒙蒙雾茫茫。我在东山想回家,西望家乡心悲伤。家常衣服快换上,再也不愿上战场。山蚕蠕动蜷成团,挂在野外桑树上。我也蜷缩独自睡,兵车底下当作床。

　　我到东山去打仗,久久不能回家园。今天我从东山回,雾气茫茫雨绵绵。瓜蒌结出硕大果,枝蔓攀藤上屋檐。屋里尽是伊威虫,蜘蛛编网在门前。院旁空地成鹿场,入夜萤火亮点点。景象荒凉不可怕,使我心中更挂念。

　　我到东山去打仗,久久不能回故乡。今天我从东山回,细雨蒙蒙雾茫茫。鹳立土堆声声叫,我妻长叹守空房。洒扫庭院堵墙洞,征战结束快回乡。圆圆苦瓜是信物,放在屋里束薪旁。自从我们不相见,于今三年想断肠。

　　我到东山去打仗,久久不能回家园。今天我从东山回,雾气

172

茫茫雨绵绵。黄莺展翅天上飞,毛色鲜明亮闪闪。想她当初来成婚,迎亲花马黄白间。娘替女儿结佩巾,仪式众多数不清。新婚蜜月真美满,久别重逢又如何?

解读

这是一首远征士兵怀念故乡的诗。全诗四章,每章十二句,属于《国风》中著名长诗之一。诗歌内容丰富,层次清晰,感情细腻,具有很高的艺术水准,创作手法多样,相当成功地描绘了一位远征归家途中的丈夫的复杂心态。

第一章表达征人接到回家命令后的激动心情。第二章是征人回家途中对故乡田园荒芜、满目苍凉景象的想象,他估计离家三年,家中一定已破败不堪。第三章征人把思念之箭射向了他心爱的妻子,"自我不见,于今三年",把归家的迫切心情表露无遗。最后一章显得非常温柔、多情,但又不失含蓄深沉。征人一想到妻子,不禁充满了柔情。他看到黄莺飞翔,羽毛闪光,想起了迎亲花马色彩斑斓,欢腾跳跃。当时的盛况历历在目,妻子漂亮的头巾,拜堂拜天地等繁复的礼仪,新婚之夜多么美满,那么久别三年后又重逢的今天呢?……想到这些,这位征人一定笑出声来了。

此诗历来被认为是《诗经》中最出色的抒情佳作之一。它之所以写得好,除了调动多种艺术手法,诸如章首的和声重叠、丰富的想象、强烈的对比、情景的水乳交融,以及语言上双声、叠韵、重言的运用等外,至关重要的是"情真"二字。

雅

小 雅

四 牡

四牡骓骓①,周道倭迟②。岂不怀归?王事靡盬③,我心伤悲。

四牡骓骓,啴啴骆马④。岂不怀归?王事靡盬,不遑启处⑤。

翩翩者鵻⑥,载飞载下⑦,集于苞栩⑧。王事靡盬,不遑将父⑨。

翩翩者鵻,载飞载止,集于苞杞⑩。王事靡盬,不遑将母。

驾彼四骆⑪,载骤骎骎⑫。岂不怀归?是用作歌⑬,将母来谂⑭。

注释

① 牡:雄兽,此处指公马。骓骓:马行不停状。　② 周道:大道。倭迟(wēi yí):又作"委迟""逶迤",道路迂回遥远貌。　③ 靡:无。盬(gǔ):停止。　④ 啴(tān)啴:喘息状。骆马:尾毛和鬃毛黑色的白马。　⑤ 遑:暇,闲暇。启:跪,臀部不着足跟为跪。处:安居休息。　⑥ 鵻(zhuī):鸟名,鸽子,或鹁鸪、斑鸠。

集于苞杞

⑦ 载:语助词,则、又。 ⑧ 苞:茂盛,丛生。栩(xǔ):柞树。 ⑨ 将:赡养。 ⑩ 苞杞:丛生的杞柳。 ⑪ 驾:驱驰。 ⑫ 骤:马匹奔驰。骎(qīn)骎:马速行状。 ⑬ 是用:因此。 ⑭ 谂(shěn):思念。

译文

公马四匹跑不停,大道迂回曲折行。难道不想回家去?王室事务未完毕,我很悲痛很伤心。

公马四匹连续跑,骆马气喘吃不消。难道不想回家去?王室事务未完毕,哪有空闲来休息。

雏鸟翩翩天上飞,时高时低飞不停,落在密密柞林里。王室事务没完毕,赡养父亲都不行。

雏鸟翩翩在天上,时飞时停很惬意,落在密密杞林里。王室事务没完毕,赡养母亲也不行。

驾起四匹骆马奔,速度很快马蹄疾。难道不想回家去?正因如此才歌唱,思念母亲在心里。

解读

这是一首诉怨诗,作者可能是一位整天奔走于王室的使臣,因各类事务没完没了,连回家探望父母都无法满足,心中不免抱怨。《左传·襄公四年》(前569)鲁国大夫叔孙豹提到过这首诗,也表示了一心劳于王事者的尴尬处境。清初姚际恒《诗经通论》云:"此使臣自咏之诗,王者采之,后或因以为劳使臣之诗焉。"

全诗五章,一、二章咏马,三、四章咏鸟,最末章单独成篇。诗富于揭露性,但又寓意幽深。综观重调的各章,以重调加深涂抹,但又提顿见意,使诗情翻腾而深刻。小官吏疲于奔命,不但身心辛苦,而且始终纠缠于忠孝难以两全之间。

程俊英先生说:"此诗五章,反复感叹'岂不怀归?王事靡盬''不遑将父''不遑将母'。思归不得养之意既立,'四牡骓骓'的赋句和'翩翩者鵻'的兴句便都能含情蓄意,充满了诗人风尘仆仆的辛劳和进退维谷的矛盾心理。《毛传》云:'思归者,私恩也。靡盬者,公义也。'《郑笺》:'无私恩,非孝子也。无公义,非忠臣也。'阐发诗意很透彻。而后世'忠孝不能两全'之意,或以此诗为滥觞。"钱锺书《管锥编·四牡》也理解得非常细致。

采 薇

采薇采薇①,薇亦作止②。曰归曰归③,岁亦莫止④。靡室靡家⑤,狁之故⑥。不遑启居⑦,狁之故。

采薇采薇,薇亦柔止⑧。曰归曰归,心亦忧止。忧心烈烈⑨,载饥载渴⑩。我戍未定⑪,靡使归聘⑫。

采薇采薇,薇亦刚止⑬。曰归曰归,岁亦阳止⑭。王事靡盬⑮,不遑启处。忧心孔疚⑯,我行不来⑰!

彼尔维何⑱?维常之华⑲。彼路斯何⑳?

君子之车㉑。戎车既驾㉒,四牡业业㉓。岂敢定居?一月三捷㉔。

驾彼四牡,四牡骙骙㉕。君子所依㉖,小人所腓㉗。四牡翼翼㉘,象弭鱼服㉙。岂不日戒㉚?狁孔棘㉛!

昔我往矣㉜,杨柳依依㉝。今我来思㉞,雨雪霏霏㉟。行道迟迟㊱,载渴载饥。我心伤悲,莫知我哀!

注释

① 薇:植物名,野豌豆,嫩叶可食。 ② 作:初生。止:语尾助词,下同。 ③ 曰归:说了要回去。 ④ 莫:同"暮",将尽。 ⑤ 靡:没有。 ⑥ 狁(xiǎn yǔn):古族名,殷周时代主要分布在陕西、甘肃北部和内蒙古西部,春秋时称"狄戎",秦汉称"匈奴",隋唐称"突厥"。 ⑦ 遑:暇。启居:安居休息。 ⑧ 柔:鲜嫩。 ⑨ 烈烈:心忧如焚状。 ⑩ 载:语助词,则、又。 ⑪ 戍:驻守。未定:指驻守地点没有确定。 ⑫ 使:传达消息的人。聘:探问。 ⑬ 刚:坚硬。 ⑭ 阳:天暖,夏历四月以后。 ⑮ 靡盬:无休止。 ⑯ 孔疚:非常痛苦。 ⑰ 不来:不归。 ⑱ 彼:那些。尔:同"苶",花盛开貌。维何:是什么。 ⑲ 常:同"棠",棠棣开花。 ⑳ 路:同"辂",高大的车,将帅的作战用车。斯:语词,含有"是"意。 ㉑ 君子:将帅。 ㉒ 戎车:兵车。

㉓四牡:驾兵车的四匹雄马。业业:高大雄壮貌。　㉔三:虚数,多次。　㉕骙(kuí)骙:马匹强壮貌。　㉖依:凭靠,指乘立在车上。　㉗小人:兵士。腓:隐蔽。兵士以车为掩护。㉘翼翼:行止整齐熟练貌。　㉙象弭:两端用象骨装饰的弓。鱼:鲨鱼皮。服:箭袋。　㉚日戒:每天戒备。　㉛孔棘:非常紧急。　㉜往:从军。　㉝依依:柳枝茂盛而随风飘拂。㉞来:归来。思:语助词。　㉟雨雪:下雪。霏霏:雪花纷飞状。㊱行道:道路。迟迟:道路的长远,或缓慢。

译文

采薇采薇采薇菜,薇菜嫩苗刚露地。说要回去要回去,岁末将尽到年底。弃家弃室在外地,只因猃狁来入侵。无暇休息难安定,也因猃狁常为患。

采薇采薇采薇菜,薇苗已经很鲜嫩。说要回去要回去,心中忧愁很烦闷。忧心忡忡如烈火,又饥又渴受折磨。我守军营不安定,很难托人捎家信。

采薇采薇采薇菜,薇苗长高很坚挺。说要回去要回去,阳气充沛有春意。王室事务还未完,无暇安定难休息。忧闷异常真痛苦,难以回归难上路。

鲜艳盛开什么花?定是美丽棠棣花。高大雄伟什么车?定是将帅专用车。戎车已经准备好,公马四匹气势豪。不敢停顿不敢歇,一月多次传捷报。

套上四匹大公马,四马奋蹄要起驾。将军登车来指挥,小兵隐蔽靠近它。四马健步很整齐,象弓鱼皮制箭囊。日夜戒备很警惕,严防猃狁难卸甲。

当初我刚来这里,杨枝飘舞柳叶青。如今回到这里来,大雪纷飞风不停。路途漫漫步履艰,饥渴交加真困难。心中伤痛难缓解,谁能知道我悲哀。

解读

这是诗的内容是久戍边关的士兵在归途中的追忆唱叹。全诗六章,分为三层。前三章为第一层,运用倒叙手法,叙述难归原因。三章前四句均以"采薇"起兴,形象地将薇菜"作止""柔止""刚止"的生长过程与戍役难归结合起来,喻示了戍役的漫长和思乡的深切。后四句则对原因作了说明,全是因为外族之患、战事频繁而王差无穷。前三章构成了全诗的感情基调,即恋家思亲的个人情感与为国赴难的责任感交织在一起。第四、第五章为第二层,追述了行军作战的紧张生活:雄壮的军容、高昂的士气、精良的装备和激烈的战斗。至此,全诗情调由忧伤转为激昂,恋家之情与报国责任再一次联系在一起。其中,同仇敌忾、抵御外侮的爱国情感,令人感奋不已。末章为最后一层,诗人由追忆回到现实,通过今昔对比的写景记事,陷入更深沉的悲伤之中,既实写了归程道路的漫长、气候的多变、路途的艰难、供应的短缺,也隐喻了士卒心路的漫长、内心不尽的哀伤和心灵遭受着的痛苦煎熬。总之,全诗从思乡恋家的悲苦到保家卫国的悲壮再到返家途中的悲伤,体现出了先民对于生命的归宿、价值以及苦难的关怀和感悟,再现了人类生命在寻找栖息家园过程中的失落和痛楚、迷惘和感伤,昭示了诗人强烈的生命意识。

诗中"昔我往矣,杨柳依依"两句对后世影响极大。唐代李商隐《赠柳》诗有"堤远意相随",袁枚《随园诗话》叹为"真写柳之魂魄",钱锺书赞"相随"即"依依相送"耳。

车　　攻

我车既攻①,我马既同②。四牡庞庞③,驾言徂东④。

田车既好⑤,四牡孔阜⑥。东有甫草⑦,驾言行狩⑧。

之子于苗⑨,选徒嚣嚣⑩。建旐设旄⑪,薄兽于敖⑫。

驾彼四牡,四牡奕奕⑬。赤芾金舄⑭,会同有绎⑮。

决拾既佽⑯,弓矢既调⑰。射夫既同⑱,助我举柴⑲。

四黄既驾⑳,两骖不猗㉑。不失其驰㉒,舍矢如破㉓。

萧萧马鸣㉔,悠悠旆旌㉕。徒御不惊㉖,大庖不盈㉗。

之子于征㉘,有闻无声㉙。允矣君子㉚,展也大成㉛。

注释

① 攻:同"工",修理。　② 同:整齐。　③ 庞庞:结实强壮状。　④ 言:助词。徂(cú):去,往。东:东都。　⑤ 田:打猎。⑥ 阜:肥壮。　⑦ 甫:同"圃",圃田为地名,在今河南开封地区,因盛产牧草而得名。　⑧ 狩:狩猎。　⑨ 之子:指周宣王。苗:夏天打猎称"苗"。　⑩ 选:拥有,具有。嚣嚣:声音嘈杂状。⑪ 旐(zhào):画着龟蛇的大旗。旄:饰有旄牛尾的旗帜。⑫ 薄:语助词。敖:地名。　⑬ 奕奕:马步从容闲散状。⑭ 赤芾(fú):诸侯所用的红色蔽膝。金舄(xì):诸侯穿的黄红色金头厚底鞋。　⑮ 会同:古代诸侯大臣朝会天子的名称,这里指参加打猎。有绎:络绎不绝。　⑯ 决:射箭时所用的扳指。拾:一种护臂,射箭时用。佽(cì):准备就绪。　⑰ 调:配合,协调。　⑱ 同:聚齐,协同。　⑲ 柴(zī):野兽的尸体。　⑳ 四黄:四匹黄马。　㉑ 骖:四匹马驾车,两边拉套的马叫"骖"。猗:同"倚",偏差。　㉒ 驰:驾车时的法则。　㉓ 舍矢:放箭。如:而。破:射中。　㉔ 萧萧:马鸣声。　㉕ 悠悠:旗帜飘动状。旆旌:泛指旗帜。　㉖ 徒御:驭手。不惊:全都严肃警觉。　㉗ 大庖:帝王的厨房。不盈:全都装满美味。　㉘ 征:狩猎归来。㉙ 无声:悄然无声,一片肃静。　㉚ 允:真是。君子:宣王。㉛ 展:同"允",诚然。

译文

我君猎车已修理,我君御马已备齐。四匹公马多强壮,驾着猎车向东去。

猎车整修很完好,四匹公马大又高。东都甫田有好草,驾车打猎逞英豪。

天子夏天去打猎,车后随员威震天。竖起旗帜插上旄,敖山猎场去射猎。

四匹公马拉着车,马步从容又快乐。大红蔽膝金头鞋,诸侯纷纷来会合。

扳指护臂都齐备,强弓利箭也相配。射手齐心又合力,助拣猎物抬又背。

四匹黄马已驾上,两旁骖马不偏向。车马驰驱稳又快,箭箭射出不空放。

一片马鸣声萧萧,无数旌旗悠悠飘。驭手镇定又机警,帝王厨房满佳肴。

天子回师返京城,悄然沉寂默无声。真是人间好君子,果然取得大优胜。

解读

这是一首歌颂周宣王的诗。全诗八章,生动描绘了周宣王发起的一场声势浩大的东都狩猎活动。宣王虽然身逢西周末世,但毕竟还算一代天子,气魄、排场与诸侯是不同的。

诗歌第一、第二章内容近似,都是说猎车已备好,骏马已驾辕,描写高度写实。第三章是反映帝王狩猎大军行列的声势震天,把随员如云的场面写足了。此时各路诸侯也赶到助兴,从一个侧面说明宣王中兴的盛况。真正的狩猎活动只在第五、第六章中简略提到。射手装备精良、武艺高强,一切都井然有序。第七章是一个高潮。狩猎成功,人人高呼万岁,一片欢腾,虽然不见人声,只闻得萧萧的马嘶,看到飘扬的旌旗,但当时人声鼎沸的场面已经在这背后了。第八章是写狩猎完毕得胜回朝的情形,实际上只有一句"有闻无声",如果把这一句与"萧萧马鸣,悠悠旆旌"联系起来,更能体会其中的无穷韵味。后人称赞这几句是《诗经》精华之一,是典型的反衬现象。

本诗还有一个突出的特点是用了大量笔墨描绘骏马的雄姿。第一章"四牡庞庞",第二章"四牡孔阜",第四章"四牡奕奕",第六章"四黄既驾,两骖不猗",第七章"萧萧马鸣",从各个角度为宣王的骏马造型,所用语句传神贴切,具有极大的感染力。

鹤　　鸣

　　鹤鸣于九皋①,声闻于野。鱼潜在渊,或在于渚②。乐彼之园③,爰有树檀④,其下维萚⑤。它山之石⑥,可以为错⑦。

　　鹤鸣于九皋,声闻于天。鱼在于渚,或潜在渊。乐彼之园,爰有树檀,其下维榖⑧。它山之石,可以攻玉⑨。

注 释
① 九皋:曲折的水泽。"九"是虚数,比喻沼泽非常曲折。

鶴鳴九臯

② 渚：河中沙洲，与上句"渊"相对。　③ 园：花园。　④ 爰：语助词。树檀：即檀树。　⑤ 萚（tuò）：一种矮小的灌木，又名软枣树。　⑥ 它山之石：另外山上的石头，比喻别国的贤人。　⑦ 错：加工玉石的工具。　⑧ 榖（gǔ）：椿树，木材质地松软，树皮可用来作纸。　⑨ 攻：加工，琢磨。

译文

沼泽曲折白鹤叫，声音直接传城郊。小鱼潜游深渊下，时而游向小沙岛。那边花园真可爱，长有一片大檀树，下有萚树矮又小。其他山上取石头，可供我制刻玉刀。

沼泽曲折白鹤鸣，声音直接上天庭。小鱼游向沙洲边，时而深渊水下潜。那边花园真可爱，长有檀树大又高，下有榖树小又矮。其他山上取石头，可帮我把玉器雕。

解读

这是一首建议国君大胆选用贤良人才为己所用的"招隐诗"。全诗二章，通篇使用借喻手法，诗意隐而不露；结构相同，句法相同，除了三处换字，一处换位，文字也几乎相同。

诗的背景据说与周朝大臣向周宣王所作劝谏有关。第一、第二句写仙鹤在野外沼泽地长鸣，声音嘹亮，传遍城郊、天际。这是比喻贤者虽然隐居山野，但声名远扬、天下共知，国君不可以为世无良才。第三、第四句用鱼时而潜入深渊，时而又浮游河渚，比喻贤者能人的时隐时现。以下三句是写一个美丽而井然有序的花园，花园里既有高大的檀树，也有次等的萚树和榖树。诗人认为只有这种高大矮小各居所宜的秩序，才是政治清明的表现。最后两句是总结。"它山之石,可以为错""它山之石,可以攻玉",寓意深刻,成为流传千古的名言。

无　　羊

　　谁谓尔无羊?三百维群①。谁谓尔无牛?九十其犉②。尔羊来思③,其角濈濈④。尔牛来思,其耳湿湿⑤。

　　或降于阿⑥,或饮于池,或寝或讹⑦。尔牧来思⑧,何蓑何笠⑨,或负其餱⑩。三十维物⑪,尔牲则具⑫。

　　尔牧来思,以薪以蒸⑬,以雌以雄。尔羊来思,矜矜兢兢⑭,不骞不崩⑮。麾之以肱⑯,毕来既升⑰。

　　牧人乃梦,众维鱼矣⑱,旐维旟矣⑲,大人占之⑳:众维鱼矣,实维丰年;旐维旟矣,室家溱溱㉑。

注　释
① 三百:虚数,表示数量多。维:为。　② 犉(chún):黄牛。　③ 思:语尾助词。　④ 濈(jí)濈:众多拥挤状。　⑤ 湿湿:牛反刍时摇耳状。　⑥ 阿:小山坡。　⑦ 讹:醒着,动。　⑧ 牧:指

牧童。　⑨ 何:同"荷",披戴。　⑩ 餱:干粮。　⑪ 物:颜色,此处指牛羊毛色。　⑫ 牲:祭祀用的牛羊。具:具备。　⑬ 薪:粗柴。蒸:细柴。　⑭ 矜矜:走路疾迅伶俐。兢兢:小心谨慎。　⑮ 骞:损失。崩:溃散。　⑯ 麾:指挥。肱:手臂。　⑰ 毕、既:尽、完全。升:进入羊圈。　⑱ 众:同"螽",蚱蜢。维:乃,变。　⑲ 旐(zhào):画着龟蛇的旗。旟(yú):画着鹰隼的旗。　⑳ 大人:占卜官。　㉑ 溱溱:茂盛状,形容家庭人丁兴旺。

译文

谁说你家没有羊?三百成群遍山坡。谁说你家没有牛?黄牛就有九十多。你家羊群过来了,一片羊角杂交错。你家牛群过来了,边吃边嚼摇耳朵。

有的牛羊跑下山,有的饮水在湖畔,有的躺着有的玩。你家牧童回来了,戴着斗笠披着蓑,还有背着干粮袋。牛羊毛色几十类,你家祭牲最齐备。

你家牧童已归家,带回粗柴细枝丫,又把雌雄禽兽抓。你家羊群走过来,迅速机敏又小心,不会损伤不散群。举起手臂挥一挥,一个不剩把圈归。

牧人夜里做个梦,梦见螽虫变成鱼,旐旗居然变成旟。卜官占梦做分析:如果螽虫变成鱼,预兆丰年多富裕。如果旐旗变成旟,全家兴旺人丁吉。

解读

这是一首热烈欢快的田园牧歌。全诗四章,为赋式,以疑问句开头。二、三、四章诗句结构自由,一改《诗经》两句即转折的

191

惯例,频繁地使用三句,给人以新鲜感,结尾尤其出人意料。

第一章飘忽而来的设问,一下子就抓住了读者的心,令人预感到后面必定奇峰叠起。果然,他写羊群的欢腾是"其角濈濈",写牛群的雍容是"其耳湿湿",写角写耳,慧眼独到。第二章是牛羊的奔、饮、躺、跳,俨然一幅水墨写生画。第三章是牧童的形象,在他的驯养教化下羊群"矜矜兢兢,不骞不崩",虽咏羊而不咏牛,但牛已隐寓其中。第四章忽出奇幻,尤为历代赏诗者称道。牧人晚上做梦,梦见蚱蜢变鱼,龟蛇旗变鹰隼旗。被占卜官一算,却是大吉之兆。牧人的梦代表了人们的普遍愿望,所谓"牧人乃梦",显然是诗人的自己的祝愿,他把恬静的放牧图扩大成一首喜气洋洋的丰年祝祷歌。

小　　旻

旻天疾威①,敷于下土②。谋犹回遹③,何日斯沮④?谋臧不从⑤,不臧覆用⑥。我视谋犹,亦孔之邛⑦。

潝潝訿訿⑧,亦孔之哀。谋之其臧⑨,则具是违⑩。谋之不臧,则具是依。我视谋犹,伊于胡底⑪。

我龟既厌⑫,不我告犹⑬。谋夫孔多⑭,是用不集⑮。发言盈庭⑯,谁敢执其咎⑰?如匪行迈谋⑱,是用不得于道⑲。

哀哉为犹⑳,匪先民是程㉑,匪大犹是经㉒。维迩言是听㉓,维迩言是争㉔。如彼筑室于道谋㉕,是用不溃于成㉖。

国虽靡止㉗,或圣或否㉘。民虽靡胧㉙,或哲或谋㉚,或肃或艾㉛。如彼泉流㉜,无沦胥以败㉝。

不敢暴虎㉞,不敢冯河㉟。人知其一,莫知其他。战战兢兢㊱,如临深渊㊲,如履薄冰㊳。

注释

① 旻天:上天。疾威:暴虐。　② 敷:布。下土:人间。　③ 谋犹:二字同义,相当于政策。回遹(yù):歪斜。　④ 沮:停止。　⑤ 谋臧:好的政策。　⑥ 覆用:反而使用。　⑦ 邛(qióng):弊病。　⑧ 潝(xī)潝:当面附和吹捧。訿(zǐ)訿:背后互相诋毁。　⑨ 之:若,就像。　⑩ 具:完全。违:反对。　⑪ 伊:发语词。胡:何。底:至,指至于乱。　⑫ 既厌:已经厌烦。　⑬ 不我告:不告我。犹:图谋,计划。　⑭ 孔多:很多。　⑮ 是用:因此。集:成就。　⑯ 发言:对政策提意见。盈庭:充满朝廷。　⑰ 执:持,承担。咎:责任。　⑱ 匪:彼。行:道路。迈:远行。谋:商量,请教。　⑲ 不得于道:无所适从。　⑳ 为犹:掌权者作出的决策。　㉑ 先民:古人。程:效法。　㉒ 大

犹:正确的道路。经:遵循。 ㉓ 迩言:浅近的话。 ㉔ 争:争论。 ㉕ 筑室:建筑房屋。于道谋:在路上向行人请教。 ㉖ 溃:达到。 ㉗ 靡止:不大。 ㉘ 或:有的。圣:通达。否:不通达。 ㉙ 膴(wǔ):大、多。 ㉚ 哲:聪明。谋:智谋。 ㉛ 肃:恭敬严肃。艾:治理成功。 ㉜ 如彼泉流:如水流去,无可挽回。 ㉝ 沦胥:相继。以败:走向失败。 ㉞ 暴(bó)虎:空手打虎。 ㉟ 冯(píng)河:徒步渡河。 ㊱ 战战兢兢:恐惧戒慎。 ㊲ 临:面临。 ㊳ 履:踏着。

译文

苍天暴虐来发威,遍布天下满人间。政治走上歪斜路,何时才能来止住?良谋善策不肯听,歪门邪道却说行。我看现在做的事,实在太多大弊病。

当面吹捧转身骂,真是可恨不像话。善策良谋明明好,则要违逆走歪道。奸计邪谋太离谱,完全不听不止步。我看现在做的事,竟会堕落到何处。

龟甲占卜已厌烦,不告吉凶把我瞒。谋士数量实在多,因此意见太分散。侃侃而谈满朝廷,谁会负责做决断。就像远行要规划,意见纷纭很困难。

可怜各位讨论者,不按古法来决策,不依正路来遵循。听的都是浅薄话,争的都是小问题。就像盖房问路人,想要成功绝不能。

国家虽然不算大,有人聪明有人笨。民众虽然不算多,既有精明能干人,也有端庄好人品。若如泉水任其流,必定失败难回头。

不敢徒手去打虎,不敢空身把河渡。其中之一虽知道,了解全部就很少。战战兢兢要冷静,面对深渊要镇静,脚踏薄冰心要平。

解读

这是一首士大夫的忧愤诗,写作时间约在西周末或东周初。全诗六章,其中三章每章八句,三章每章七句,结构很自由。

作者直斥周王昏聩无能,听信谗言,惑于邪谋,乱国乱政,给人民带来深重灾难。对自己清廉正直、战战兢兢为官的处境作了形象生动的描绘。作者是一在位而无实权的贵族士大夫。

作品通篇讲到"谋"或"谋犹",共九处。所谓"谋"或"谋犹",就是今天所谓"政策",这是全篇议论的中心问题。开头两章揭露政策的错误,三、四两句是全篇的主旨。第二章转从群臣说。"潝潝訿訿"是对朝中小人丑恶嘴脸的形象写照:他们见面时会一起同声附和邪僻之谋,转过身来,又会互相诋毁。清初姚际恒说,这四句诗写出了"小人群然和之"的真相。

本诗影响最大的是末章中的暴虎、冯河、临渊、履冰,反复设喻,用没有武器徒手打虎、没有舟楫徒步渡河,比喻治国没有正确政策的危害,告诫人们不要只知暴虎、冯河这类易知的危险,而看不到政治腐败这个更加可怕的祸胎。这些比喻生活形象,喻义精警,后来都成为著名成语,常被引用。如孔子在《论语》的《述而》和《泰伯》篇中都有精彩的发挥。

小　弁

弁彼鸒斯①,归飞提提②。民莫不穀③,我独于罹④。何辜于天⑤?我罪伊何⑥?心之忧矣,云如之何⑦?

踧踧周道⑧,鞫为茂草⑨。我心忧伤,惄焉如捣⑩。假寐永叹⑪,维忧用老⑫。心之忧矣,疢如疾首⑬。

维桑与梓⑭,必恭敬止。靡瞻匪父⑮,靡依匪母。不属于毛⑯?不罹于里⑰?天之生我,我辰安在⑱?

菀彼柳斯⑲,鸣蜩嘒嘒⑳,有漼者渊㉑,萑苇淠淠㉒。譬彼舟流㉓,不知所届㉔,心之忧矣,不遑假寐㉕。

鹿斯之奔㉖,维足伎伎㉗。雉之朝雊㉘,尚求其雌。譬彼坏木㉙,疾用无枝㉚。心之忧矣,宁莫之知?

相彼投兔㉛,尚或先之㉜。行有死人㉝,尚或墐之㉞。君子秉心㉟,维其忍之㊱。心之忧矣,涕既陨之㊲。

君子信谗，如或酬之㊳。君子不惠㊴，不舒究之㊵。伐木掎矣㊶，析薪扡矣㊷。舍彼有罪，予之佗矣㊸。

莫高匪山㊹，莫浚匪泉㊺。君子无易由言㊻，耳属于垣㊼。无逝我梁㊽，无发我笱㊾。我躬不阅㊿，遑恤我后(51)。

注释

① 弁：快乐状。鸒(yù)：鸟名，有名“卑居”，体形比乌鸦小，有白腹。 ② 提提：群飞状。 ③ 榖：善，生活很好。 ④ 罹：忧患。 ⑤ 辜：罪过。天：君王。 ⑥ 伊：是。 ⑦ 云：发语词。如之何：怎么办。 ⑧ 踧(dí)踧：平坦状。周道：大道。 ⑨ 鞫(jū)：塞住。为：被。 ⑩ 惄(nì)：忧虑。如捣：舂捣。 ⑪ 假寐：瞌睡，睡眠很浅。永叹：长叹。 ⑫ 用：犹“而”。老：衰老。 ⑬ 疢(chèn)：原意热病，烦忧。 ⑭ 桑与梓：桑树和梓树，古时常种于宅旁，后世代称故里。 ⑮ 靡……匪……：用两个否定副词表示肯定的意思。瞻：敬仰。 ⑯ 属：连。毛：表面，外部。 ⑰ 罹：附丽。里：衣内，喻母。 ⑱ 辰：时，命运。 ⑲ 菀：同“菀菀”，茂盛状。 ⑳ 蜩(tiáo)：蝉。嘒嘒：蝉鸣声。 ㉑ 漼(cuǐ)：同“漼漼”，喻很深。 ㉒ 萑(huán)苇：芦苇。淠(pèi)淠：草木繁密状。 ㉓ 舟流：放逐。 ㉔ 届：至。 ㉕ 不遑：无暇。 ㉖ 斯：语助词。奔：奔从其偶。 ㉗ 伎(qí)

伎:四足速行状。 ㉘ 雉:野鸡。雊(gòu):野鸡鸣声。 ㉙ 坏木:病树。 ㉚ 用:犹"而"。 ㉛ 相:视。投:抓捕。 ㉜ 先:埋掉。 ㉝ 行:道路。 ㉞ 墐(jǐn):埋葬。 ㉟ 君子:指父亲,或指国王。秉心:居心。 ㊱ 维:是。其:那样。忍:残忍,狠毒。 ㊲ 陨:掉下。 ㊳ 酬:敬酒。 ㊴ 惠:爱护。 ㊵ 舒:慢慢。究:考察。 ㊶ 掎(jǐ):拉住。 ㊷ 析薪:劈柴。杝(chǐ):顺着木纹剖析。 ㊸ 佗(tuó):加上。 ㊹ 匪:彼。 ㊺ 浚:深。 ㊻ 君子:明智者。无易由言:不要轻易发言。 ㊼ 属:贴着。垣:墙。 ㊽ "无逝我梁"四句:参见《邶风·谷风》注⑰—⑳。

译文

看那鹭鸟很快乐,一群一群飞回窝。众人生活都很好,只有我在遭灾祸。究竟哪里得罪天?不知我有何罪过?心里实在很忧虑,不知我能怎么说?

平平坦坦一条道,路上密密长满草。我的内心很忧伤,就像遭到棒杵捣。睡眠不深长感叹,忧思已让人变老。心中实在太焦虑,病热头痛烧坏脑。

桑树梓树屋外种,必须恭敬又尊重。没有人会不敬父,没有人会不尊母。即便我已不是毛,莫非连皮也不如?上天既然生下我,为何我命如此苦?

柳树株株真茂盛,知了鸣叫一声声。潭渊水深不见底,芦苇长得真密集。就像随波漂流船,不知终点在哪里,心里忧伤加忧愁,无暇打盹思不息。

那边奔跑是小鹿,足声伎伎很快速。早晨鸣叫是野鸡,雄追

— 198 —

雌也经常有。就像那树是病木,因此不能长树枝。心里忧伤加忧愁,竟然真会不感知。

看那被抓小兔子,还是有人来掩埋。路上如果有尸体,也会有人来处理。号称君子却凶狠,表现实在太残忍。心里忧伤加忧愁,眼泪不断往下流。

君子就是信谗言,好像喝酒有人劝。君子没有慈爱心,不肯探究不细心。伐木还要有人拉,顺纹劈柴是常情。有罪之人放过去,却往我身加罪名。

不高不能算是山,不深不能算是泉。君子不能轻发言,有人贴耳在墙边。不要去看我鱼梁,不要搞乱我渔筐。眼下对我已不容,今后体贴更无望。

解读

这首诗叙写一个被父亲(君子)遗弃放逐的男子,因内心痛苦而不能见容于人而发出的哀怨。《孟子·告子下》有明确的评论:"《小弁》之怨,亲亲也,亲亲仁也。"当然,也可以作更广义的理解,如清初姚际恒说:"此诗尤哀怨痛切之甚,异于其他诗也。"将其视为具有普遍意义的哀怨诗的典型,也完全可以成立。

全诗八章,一开头就羡慕寒鸦归家,又说桑梓乃老家所种,对它要恭敬,哪有不瞻望、不依靠父母的呢?充分反映了作者对父母的留恋之情。但是"君子"却听信谗言,驱逐主人公。诗中又有雉鸣求其雌,"无逝我梁,无发我笱",那是对人心浇薄的责望之词。钱锺书先生特别看重"我心忧伤,惄焉如捣"两句,认为"可称惊心动魄,一字千金"。

全诗情文并茂,细腻抒发了自己被逐的忧愤哀怨,或兴或比,或反衬,或寓意,手法多变,布局精巧,很有艺术感染力。旧说周幽王放逐太子宜臼,其师作此诗。还有人说称周宣王臣尹吉甫在后妻调唆下赶走前妻之子伯奇,伯奇作此诗抗议。细读全诗,显然未必如此。

谷　　风

习习谷风①,维风及雨②。将恐将惧③,维予与女④。将安将乐,女转弃予⑤。

习习谷风,维风及颓⑥。将恐将惧,置予于怀。将安将乐,弃予如遗⑦。

习习谷风,维山崔嵬⑧。无草不死,无木不萎。忘我大德⑨,思我小怨⑩。

注释

① 习习:即飒飒,连续不断的大风声。谷风:来自山谷的大风。　② 维:有、是。　③ 将:当。　④ 与:帮助。　⑤ 转:反面。　⑥ 颓:旋风。　⑦ 遗:忘记。　⑧ 崔嵬:山峰高峻状。　⑨ 大德:与夫共患难的大恩德。　⑩ 小怨:小缺点。

译文

山谷大风呼呼叫,风雨交加同时到。当你忧患恐惧时,是我给你以支持。当你安乐得意时,你却把我来抛掷。

山谷大风呼呼鸣,风骤回荡旋不停。当你忧患恐惧时,把我搂在怀抱里。当你安乐得意时,将我抛弃全忘记。

山谷大风在呼啸,高山峻岭全刮到。刮得小草全枯死,刮得大树全萎掉。我的大恩你全忘,有点小错却记牢。

解读

这是一个被丈夫抛弃的妇女唱出的一首怨歌。全诗三章,全以谷风呼啸起兴,象征家庭生活发生了重大变故,笼罩了一层肃杀的阴影。第一、第二章内容相同,第三章类似控诉,以草木之死象征夫妻之情已灭。全诗情绪凄恻,语言风格有如《国风》。

全诗三章都以"习习谷风"开头,令人感到主人公的愤怒正在呼号。第一、第二章前两句描绘了谷风呼啸、风雨交加的场面,后四句则将丈夫的丑态暴露在光天化日之下,从妻子敢于把夫妻秘密公之于众的行动中,可以体会她无以复加的悲愤。第三章显得极其冷峻。大风刮过山岭,"无草不死,无木不萎",无情的丈夫就像无情的谷风,吹熄了妻子心中最后一点温情之火。最后两句极其深刻尖锐,"忘我大德,思我小怨",两句貌似平缓的诗的背后,隐含着巨大的感情波澜,是深受创伤的妻子的控诉。

以往学者见本诗风格与《国风》相近,故推测它和《蓼莪》等十几首《小雅》诗一起,同为西周时代的民间诗歌,这一说法是很有道理的。

蓼 莪

蓼蓼者莪①,匪莪伊蒿②。哀哀父母,生我劬劳③。

蓼蓼者莪,匪莪伊蔚④。哀哀父母,生我劳瘁⑤。

瓶之罄矣⑥,维罍之耻⑦。鲜民之生⑧,不如死之久矣。无父何怙⑨?无母何恃?出则衔恤⑩,入则靡至⑪。

父兮生我,母兮鞠我⑫。拊我畜我⑬,长我育我,顾我复我⑭,出入腹我⑮。欲报之德⑯,昊天罔极⑰!

南山烈烈⑱,飘风发发⑲。民莫不穀⑳,我独何害㉑!

南山律律㉒,飘风弗弗㉓。民莫不穀,我独不卒㉔!

注 释

① 蓼(lù)蓼:高大状。莪(é):草名,又名莪蒿。　② 伊:是。蒿:蒿子。　③ 劬(qú):辛勤。　④ 蔚:蒿的一种,又名牡

蒿。　⑤瘁:憔悴。　⑥罄:空尽。　⑦罍(léi):大肚小口的酒坛。　⑧鲜民:孤儿。鲜,寡。　⑨怙:依靠。　⑩出:出门,指离家服役。衔:含。恤:忧愁。　⑪靡至:没有亲人。至,亲人。　⑫鞠:养。　⑬拊:同"抚"。畜:养育。　⑭顾:照顾。复:出门后挂念。　⑮腹:抱在怀里。　⑯之:这。　⑰昊天:苍天。罔极:无公正。　⑱烈烈:山高险峻状。　⑲飘风:暴风。发发:大风呼啸之声。　⑳穀:赡养。　㉑何:同"荷",蒙受。　㉒律律:山势高耸突起状。　㉓弗弗:同"发发"。　㉔不卒:不能送终。

译文

高高一丛像莪蒿,不是莪蒿是青蒿。可怜我的爹和娘,生我养我太辛劳。

高高一丛像莪蒿,不是莪蒿是牡蒿。可怜我的爹和娘,生我养我太憔悴。

水瓶早已空见底,酒坛自知愧无比。孤儿活在世界上,不如早早把命丧。没有父亲谁护我?没有母亲我靠谁?出门服役心悲切,回来双亲都不见。

爹啊是你生养我,娘啊是你哺育我。你们抚爱关心我,你们培养教育我,深情照顾挂念我,出入都要抱着我。如今想报爹娘恩,苍天无情降灾祸。

南山高耸入云端,狂风呼啸刺骨寒。人人都能养爹娘,独我蒙受这灾难。

南山险峻不见路,狂风呼啸蔽人目。人人都能养爹娘,独我未能送父母。

解读

这是一首沉痛追悼父母的悼亡诗。全诗六章,句法自由,充分表达了主人公对父母深切的悼念之情。前两章是序幕,第三、第四章是对当权者的责备和对父母养育之恩的追忆。最后两章以南山、飘风起兴,发泄了对不幸命运的怨恨。

前两章的目的是说明主人公因伤心而恍惚的状态,以致错将蒿、蔚当成莪。第三章起首两句比喻非常奇特,作者将自己喻为小口瓶,将当权者喻为大肚罍。瓶小而尽,是说自己没能赡养父母;罍大而耻,是说民无以养父母是当权者之耻,从中可以猜想诗人可能是因为服役在外而未能赶上父母的丧事,所以痛心疾首。"鲜民之生,不如死之久矣",已接近愤怒捶胸了。他仰天长啸:"无父何怙?无母何恃?"他没料到父母会暴死,怎么一回来竟然双双离去?第四章是一曲深沉凄怨的咏叹调,共用了"生我""鞠我""拊我""畜我""长我""育我""顾我""复我""腹我"九个动宾词来歌颂追忆父母的养育之恩,其细致入微的程度已到了催人泪下的地步。完全可以想象到诗人在写这一段时心情之沉痛,他一定是含着眼泪写下每一个字的。

"父兮生我,母兮鞠我"二句中的"兮"字,属句中式用法,目的是拉长吟诵声并满足每句四字的基本结构,虽然未对语义有所增加,但在《诗经》的"兮"字用法上也是一个特例。

大　东①

东人之子②，职劳不来③。西人之子④，粲粲衣服⑤。舟人之子⑥，熊罴是裘⑦。私人之子⑧，百僚是试⑨。

或以其酒⑩，不以其浆⑪。鞙鞙佩璲⑫，不以其长。维天有汉⑬，监亦有光⑭。跂彼织女⑮，终日七襄⑯。

虽则七襄，不成报章⑰。睆彼牵牛⑱，不以服箱⑲。东有启明⑳，西有长庚。有捄天毕㉑，载施之行㉒。

维南有箕㉓，不可以簸扬㉔。维北有斗㉕，不可以挹酒浆㉖。维南有箕，载翕其舌㉗。维北有斗，西柄之揭㉘。

注释

①大东：全诗七章，这里节选第四至第七章。　②子：子弟。　③职：只是。劳：劳役。来(lài)：慰劳。　④西人：周人，因周朝在西北而得名。　⑤粲粲：鲜艳华丽状。　⑥舟：同"周"，舟人指上层有钱人。　⑦罴：大熊。裘：同"求"，猎取。　⑧私人：小人，下层的人。　⑨百僚：各种差役。试：任用。

⑩ 或:有人。　⑪ 浆:薄酒。　⑫ 鞙(juān)鞙:形容佩玉的长度。璲:瑞玉,可以佩戴。　⑬ 汉:银河。　⑭ 监:同"鉴",镜子。　⑮ 跂:同"歧",分叉状。织女:星名,共有三星。　⑯ 终日:从早到晚。七襄:织女星早晚更动七次位置。襄,更动。⑰ 报章:指布帛。报,梭子引线往复织布。章,布帛上的纹路。⑱ 睆(huǎn):明亮状。牵牛:牵牛星,隔银河与织女星相对。⑲ 以:用。服:驾。箱:车厢,此处指大车。　⑳ 启明:与下句"长庚"同为金星的古名,早见于东方,晚见于西方。　㉑ 捄:弯长貌。天毕:星名,共有八星。　㉒ 载:则。施:斜行。行:行列。　㉓ 箕:星座名,四颗星连成梯形,像簸箕。　㉔ 簸扬:用簸箕扬去米中的糠皮。　㉕ 斗:南斗星,由六颗星组成。　㉖ 挹:用勺舀酒。　㉗ 翕:同"吸",向内收敛。　㉘ 揭:高举,向上扬。

译文

东方各国子弟们,只服劳役不慰问。西方周朝子弟们,衣服鲜丽最高等。富豪官宦子弟们,打熊猎罴任驰骋。贫穷百姓子弟们,百种劳役不离身。

有人进贡美味酒,周人嫌它像水浆。有人进贡佩玉带,周人嫌它不够长。仰望夜空有银河,犹如镜面闪银光。分叉为三织女星,一天七次移位忙。

纵然来回移动忙,不能织出好花样。牵牛星座亮闪闪,不能用它驾车辆。东有启明天要亮,西有长庚已晚上。长柄弯弯是天毕,斜挂在天排成行。

南有天箕星四颗,不能用来簸糠壳。箕星之北有南斗,不能用它舀酒喝。南天四颗是箕星,缩着舌头在吸引。箕星之北有南斗,向西高扬长斗柄。

解读

这是一首表达忧愤情绪的诗。作者是被周王朝统治的东方各国的代表。全诗七章。前三章是写周王朝为筑周道,竭力搜刮东方各小国的食、衣,强迫东方百姓服劳役。第四章重点在表现东人和西人间生活的悬殊,集中使用了对比手法。第五章以后,诗人的感慨由人间转到天上,由地上飞到星空。最末章联想丰富,意境也很含蓄。这首诗一向被人们称为《诗经》中的"奇文"。

周初开筑自宗周镐京到东方各国的"周道",是一项巨大工程,东方各国深受其苦。诗的前三章集中反映了这一痛苦的历史背景。第四章开始,诗人着重抒发胸中忧愤,抓住生活中的典型事例,对照描写,相互映衬。"东人之子"既是"职劳不来",自然形神憔悴;"西人之子"既是"粲粲衣服",自然无所事事;"舟人之子"既是"熊罴是裘",已暗含不劳而获之义;"私人之子"既是"百僚是试",也暗含衣衫褴褛之义。这种语言的交互为用,使人们对双方的贫富差别一目了然。第五章前四句依然是描写现实,诗人在对不公正的现实世界作了抨击之后,仰天长叹,正好看到夜空中银河高悬,灿烂有光。银河边织女星更引动了他一连串感慨。末章前四句依然是这一情绪。诗人抒发了内心惨重的痛楚,人间的无情变成了天庭的无情,这在崇拜神灵的古代将会引起多么巨大的心灵震颤。

宾之初筵①

宾之初筵②，温温其恭。其未醉止③，威仪反反④。曰既醉止，威仪幡幡⑤。舍其坐迁⑥，屡舞仙仙⑦。其未醉止，威仪抑抑⑧。曰既醉止，威仪怭怭⑨。是曰既醉，不知其秩⑩。

宾既醉止，载号载呶⑪。乱我笾豆⑫，屡舞僛僛⑬。是曰既醉，不知其邮⑭。侧弁之俄⑮，屡舞傞傞⑯。既醉而出，并受其福⑰。醉而不出，是谓伐德⑱。饮酒孔嘉⑲，维其令仪⑳。

凡此饮酒㉑，或醉或否。既立之监㉒，或佐之史㉓。彼醉不臧㉔，不醉反耻。式勿从谓㉕，无俾大怠㉖。匪言勿言㉗，匪由勿语㉘。由醉之言㉙，俾出童羖㉚。三爵不识㉛，矧敢多又㉜。

注释

① 全诗五章，前两章描写射礼和祭仪，形象生动，但因涉及礼制过繁过细，不便阅读，这里只选择较有情节展开的后三章。 ② 筵：即宴，古人席地而坐，筵就是竹席，今人也称宴会为酒席。 ③ 止：语气词。 ④ 反反：庄重谨慎状。 ⑤ 幡幡：轻佻不庄重状。 ⑥ 舍：离开。坐：座位。迁：移动。 ⑦ 仙仙：舞姿轻

盈状。 ⑧ 抑抑：谨慎严肃状。 ⑨ 怭(bì)怭：轻薄粗鄙状。 ⑩ 秩：规矩。 ⑪ 号：大叫。呶(náo)：喧闹。 ⑫ 笾豆：古代典礼上所用食具。 ⑬ 僛(qī)僛：身体倒歪状。 ⑭ 邮：过失。 ⑮ 弁：皮帽。俄：倾斜。 ⑯ 傞(suō)傞：醉步跟跄状。 ⑰ 并：全部。 ⑱ 伐德：缺德。 ⑲ 孔嘉：很好。 ⑳ 维：只是。令仪：好礼节。 ㉑ 凡此：所有这些。饮酒：饮酒者。 ㉒ 监：宴会督察官。 ㉓ 史：记录事件的史官。 ㉔ 臧：善、好。 ㉕ 式：发语词。从：跟着。谓：劝酒。 ㉖ 大：同"太"。怠：怠慢失礼。 ㉗ 匪言勿言：不该问的不要说。 ㉘ 匪由：不合法则。 ㉙ 由：听从。醉：醉者。 ㉚ 俾：使。童羖：没角的公羊。童，秃。羖，黑色公羊。 ㉛ 三爵：三爵之礼，古代君臣小型宴会的礼节，意为只喝三杯。不识：不懂。 ㉜ 矧(shěn)：况且。多又：又多喝。

译文

诸位宾客初入席，温雅恭敬很得体。他们才喝还未醉，举止庄重尚威仪。酒一喝多开始醉，言行轻率已失礼。离开座位到处走，舞步翩翩要显丑。他们初喝未醉时，仪态谨慎有分寸。待到开始有醉意，轻佻粗俗礼抛弃。还说这是喝醉酒，不守规矩没关系。

宾客已经全醉倒，又是叫来又是闹。打乱祭器和食具，醉步歪斜当舞蹈。还说这是喝醉酒，不知羞耻不知丑。头上皮帽歪着戴，跟跄舞步是醉态。如果喝醉就出门，大家托福感他恩。醉了不走还要赖，就叫缺德不自爱。喝酒本来是好事，只要遵礼有节制。

所有这些喝酒人,或醉或醒可以分。朝廷已经设酒监,又设史官来配合。醉酒已经很不好,却把不醉来耻笑。不要随便乱劝酒,害他失礼又胡闹。不该问的别多嘴,不合礼制莫乱道。醉汉口中出狂言,要和无角公羊见。三杯之礼都不懂,何况多喝更严重。

解 读

这是一首讽刺贵族大臣饮酒无度丑态百出的诗。全诗五章,这里选后三章。前两章写宾客饮酒失态过程,由未醉、微醉、深醉、疯醉,伴随着各种醉态的舞姿、身姿,无不栩栩如生。末章是作者的规劝,义正词严、恰到好处。全诗文笔流畅,人物形象生动鲜明,场面刻画细致入微,结构严密,条理清晰,是《诗经》中最有代表性的作品之一,被后人称许为诗中有画的杰作。就其描绘醉汉醉态之妙而言,可说是一幅"醉客图"。另外,诗中夹议夹叙,作者本人清醒正直,与宾客的沉醉荒唐形成鲜明对比,使本诗成为讽喻佳作。

作者从宾客入席开始说起,由浅入深,层层递进,惟妙惟肖地将饮酒者从道貌岸然、一本正经,终于变成举止失措、嬉皮笑脸的可笑形象和盘托出,令人捧腹。舞姿的变化更为传神。舞后喝酒与酒后跳舞,本来是表示隆重热烈,但跳舞可以,"屡舞"就不行,因为那已是乱舞。诗人描绘醉态真到了炉火纯青的地步。最后一章更集中地发挥他关于控制饮酒的见解,提出"式勿从谓,无俾大怠",这已经是在隐刺招待贵族大臣喝酒的主人了,正是主人提供的条件,主人的频频劝酒,才使大臣们有了这样一个喝醉发疯的机会,这个批评虽然比较隐晦,但也够尖锐的了。孔子后来说的"非礼勿视,非礼勿听,非礼勿言,非礼勿动"以及"唯酒无量不及乱",很可能就受到了此诗原则的启发。

苕 之 华

苕之华①,芸其黄矣②。心之忧矣,维其伤矣③!

苕之华,其叶青青④。知我如此,不如无生⑤!

牂羊坟首⑥,三星在罶⑦。人可以食,鲜可以饱⑧!

注释

① 苕:一种蔓生植物,又名凌霄。华:同"花"。 ② 芸:深黄色。苕花谢落时花色变黄。 ③ 维:是。 ④ 青青:同"菁菁",茂盛状,苕花是落后才生叶。 ⑤ 无生:不出生。 ⑥ 牂(zāng)羊:母羊。坟:大。母羊头本小,因饿身体变小,头即显大。 ⑦ 三星:即"参星",二十八宿之一。罶(liǔ):鱼篓。 ⑧ 鲜:很少。

译文

野地凌霄开了花,花朵将落变深黄。心中积满忧和愁,实在

苕之華

痛苦和悲伤。

野地凌霄开了花,花朵谢了叶茂盛。早知我会这般苦,不如当初没降生。

母羊瘦得头变大,鱼篓空空三星挂。就算人们可糊口,要想吃饱则不够。

解读

这是一首忧愤哀伤的诗,主人公可能是一位受苦的灾民。全诗三章,创作风格类似《国风》,显然来自民间。前两章以"苕之华"起兴,象征时局动荡,人们已经失去了希望。第三章描写饥荒严重,人们食不果腹,形势相当危急。

诗人以"苕之华"象征西周末幽王时的社会危机是很恰当,也很深刻的。苕是先开花后长叶,花朵将落时颜色变黄,花朵落尽绿叶变茂盛,诗歌咏苕花,正是为了渲染一种末世感。幽王统治腐败,诸侯入侵,战火遍地,人民不得安宁。诗人面对这一混乱,心中自然悲戚。先是"心之忧矣,维其伤矣",接着就悲观失望,厌世消沉,哀叹"知我如此,不如无生"。这种消极的情绪也是乱离世界的一个真实写照。苕开花长叶的季节,正是初春青黄不接之际,战争破坏了和平,扰乱了正常的生产,这时虽然还未饿殍遍野,但也发生了饥荒。诗人在这里没有直接写人,而是把母羊头变大和鱼篓空空这两个情节作为楔子,深刻揭露了灾祸的严重,田野荒芜,连羊都没草吃,河水苦涩,连鱼都不见踪影。即使人们还可勉强度日,但要想吃饱已经是不可能的了。一场大饥荒已不可避免地要降临了。

大 雅

大　　明

明明在下①,赫赫在上②。天难忱斯③,不易维王④。天位殷适⑤,使不挟四方⑥。

挚仲氏任⑦,自彼殷商,来嫁于周⑧,曰嫔于京⑨。乃及王季⑩,维德之行⑪。大任有身⑫,生此文王。

维此文王,小心翼翼⑬。昭事上帝⑭,聿怀多福⑮。厥德不回⑯,以受方国⑰。

天监在下⑱,有命既集⑲。文王初载⑳,天作之合㉑。在洽之阳㉒,在渭之涘㉓。文王嘉止㉔,大邦有子㉕。

大邦有子,伣天之妹㉖。文定厥祥㉗,亲迎于渭。造舟为梁㉘,不显其光㉙。

有命自天,命此文王。于周于京,缵女维莘㉚。长子维行㉛,笃生武王㉜。保右命尔㉝,燮伐大商㉞。

殷商之旅㉟,其会如林㊱。矢于牧野㊲,维

— 214 —

予侯兴㊳。上帝临女㊴,无贰尔心㊵。

牧野洋洋㊶,檀车煌煌㊷,驷𫘪彭彭㊸。维师尚父㊹,时维鹰扬㊺。凉彼武王㊻,肆伐大商㊼,会朝清明㊽。

注释

① 明明:光明状。在下:在人间。　② 赫赫:显盛状。在上:在天上。　③ 天:指天命。忱:相信。斯:语气词。　④ 维:是。　⑤ 位:同"立"。适:同"嫡",指殷王的嫡子殷纣王。　⑥ 挟:挟有,拥有。　⑦ 挚:殷商的属国,在今河南汝南。仲氏:第二个女儿。任:姓。　⑧ 来嫁于周:挚仲自商嫁于周。　⑨ 嫔:媳妇,作动词,即嫁。京:周朝都城。　⑩ 王季:太王之子,文王之父。　⑪ 行:行列。　⑫ 大任:"大"同"太",即挚仲氏任。　⑬ 翼翼:恭敬状。　⑭ 昭:光明。　⑮ 聿:发语词。怀:来,招来。　⑯ 厥:其。回:违反。　⑰ 方国:周围各诸侯小国。　⑱ 监:监视。在下:天下的人们。　⑲ 有命:天命。集:迁移至。　⑳ 初载:初年。　㉑ 作:作成。合:配偶。　㉒ 洽:同"合",水名,源出陕西合阳西北。阳:河流的北岸,合阳为古莘国所在。　㉓ 渭:水名,即渭水。浟:水边。　㉔ 嘉止:嘉礼,即婚礼。　㉕ 大邦:大国,指莘国。子:女儿,指莘君之女,即太姒。　㉖ 俔(qiàn):好比。妹:少女。　㉗ 文:礼文。祥:吉祥。　㉘ 造舟:将船连接起来。梁:浮桥。　㉙ 不:发语词。光:光辉。

㉚ 缵女:美女。莘:莘国。 ㉛ 长子:长女。行:出嫁。 ㉜ 笃:语助词。 ㉝ 右:同"祐"。命:命令。尔:指武王。 ㉞ 燮:同"袭",袭伐,进攻。 ㉟ 旅:军队。 ㊱ 会:旌旗。 ㊲ 矢:同"誓",誓师。牧野:殷商国都朝歌郊外地名,在今河南淇县西南。 ㊳ 维:发语词。予:我,周武王自称。侯:是。兴:兴起。 ㊴ 临:下临,监视。女:汝,参加誓师灭商的各路军队。 ㊵ 贰:二心。 ㊶ 洋洋:广阔状。 ㊷ 檀车:檀木所制的坚固战车。煌煌:鲜明状。 ㊸ 驷:同"四"。骐:红毛白腹马。彭彭:强健状。 ㊹ 师:官名,太师。尚父:人名,即吕尚,姜姓,后世称为姜太公。 ㊺ 时:是。维:语中助词。鹰扬:形容太师尚父的勇猛状态。 ㊻ 凉:同"亮",辅佐。 ㊼ 肆:迅即。 ㊽ 会:正好遇上。清明:天气晴朗。

译 文

光辉灿烂照天下,声名显赫震天庭。天意在上难信任,要当大王不容易。天命本属殷嫡子,却不让他辖四境。

挚仲姑娘是任氏,离开故国殷商地。来到周国是出嫁,做了媳妇在镐京。陪伴丈夫周王季,施行德政很有名。任氏夫人怀了孕,生下儿子是文王。

正是这位周文王,为人恭敬又小心。光明正大待上帝,招来福分很幸运。品德高尚无邪念,周边小国很尊敬。

皇天监察天下人,天命集在他一身。文王即位第一年,天赐婚姻选佳人。新娘住在洽水北,就在渭水河一边。文王举行娶妻礼,大国有位大美女。

新娘住在大邦国,好比天上一仙女。选定礼物定吉日,亲自迎接渭水边。建造小船做浮桥,婚礼办得很荣耀。

庄严命令来自天,传给这位周文王。就在周国京城里,美女是位莘国人。排行老大要出嫁,婚后生下周武王。上天保佑命令他,要他出兵进攻商。

殷商军队来应战,旌旗飘飘如树林。武王誓师在牧野,声称我已要起兵,上帝降临看你们,不能犹豫有二心。

牧野战场很广阔,闪亮檀木做战车。四马高大又威武,太师就是那尚父。确实英勇如鹰隼,辅佐武王建功勋。殷商一举被灭亡,开出一片新气象。

解 读

这是一首称颂周文王品德高尚、奠定基础,周武王功勋卓著、翦灭商殷的史诗。与《大雅》中的另一篇《生民》同为周民族史诗。作者从周武王的祖父王季写起,经过父亲周文王的积累,一路铺陈,直至伐纣胜利,赞扬了祖辈积德为善和武王征伐殷商的丰功伟业。全诗规模宏大,结构严谨,层次清楚,描写精当。

全诗共八章,可分三部分:第一部分即第一章,写"皇天无亲,惟德是辅",灭商是上帝的意志。此为全诗的思想总纲。第二部分包括第二至第六章,写王季、文王行德事、拒邪僻,天赐美满婚姻。第三部分包括第七至第八章,写牧野之战,推翻商朝。全诗突出体现了周人的哲学宗教思想。周人灭商以后,为了巩固其统治,吸取了商人的教训,总结出一套宗教、政治、道德互济互补的统治思想：一方面宣扬上帝、天命，肯定周人代商是上天的意志，迫使殷人贵族和广大奴隶臣服；另一方面强调进德修业，防止行为失控害民。诗的后两章关于战争的描写极有特色，它形象而逼真地再现了牧野之战的巨大场面和威武雄壮的军容，可谓波澜壮阔、神采飞扬，给人以强烈的艺术感受。

这首诗的修辞特点也独具匠心，偶数章的末句与奇数章的首句字相承接。后来发展成诗体中的"顶真格"，读来文思连贯，一气呵成，没有丝毫滞碍和间隔。据《逸周书·世俘解》的记载，此诗的写作年代当在周武王灭殷后不久。

生　　民[①]

厥初生民，时维姜嫄[②]。生民如何？克禋克祀[③]，以弗无子[④]。履帝武敏歆[⑤]，攸介攸止[⑥]。载震载夙[⑦]，载生载育，时维后稷。

诞弥厥月[⑧]，先生如达[⑨]。不坼不副[⑩]，无灾无害。以赫厥灵[⑪]，上帝不宁。不康禋祀[⑫]，居然生子。

注　释

①《生民》共八章。为方便阅读，每两章作一组注、译和解读。　②时：是。嫄：姜嫄，传说中后稷之母，周族女性始祖。

③ 克:能。禋(yīn):古代祭天神的一种仪式。祀:祭祀。 ④ 弗:音义同"袚",用祭祀除去灾难。无子:不生育。 ⑤ 履:踏。帝:上帝。武:足迹。敏:同"拇",大脚趾。歆:欣欣然激动惊喜。 ⑥ 攸:语助词。介:神保佑。止:神降福。 ⑦ 载:语助词。震:同"娠",怀孕。夙:同"肃",生活严肃,不再和男子交往。 ⑧ 诞:发语词。弥:满。 ⑨ 先生:头生,第一胎。如:而。达:滑利,顺产。 ⑩ 不坼:不裂。不副(pì):不破,或指母体产门,或指胞衣。 ⑪ 赫:显示。 ⑫ 不康:不安,不满意。

译文

生育周族第一人,母亲名字叫姜嫄。怎样生下周先祖?祈祷神灵能虔诚,乞求消灾生儿子。欣然踏上帝趾印,神灵保佑赐吉祥。怀孕有喜行端庄,一朝生子抱怀里,名字就叫周后稷。

姜嫄怀孕满了月,头胎生子真顺利。产门胞衣没破裂,无灾无难身体健。显出奇异和神灵,也许上帝不高兴。不满姜嫄那祭祀,居然生这怪儿子。

解读

《生民》是周族史诗,是周族后人记述自己始祖后稷神奇业迹和伟大创造的一首著名史诗。全诗八章,奇数章为十句,偶数章为八句。诗中充满了神话色彩。

前两章写后稷诞生的神异。以朴实生动的笔触塑造了周人始祖后稷的形象。后稷的母亲是姜嫄,父亲是上帝。姜嫄在举行禋祀时踩踏了上帝脚印,心中突感欢欣,于是就怀上了后稷。他的诞生也不寻常,姜嫄在没有丝毫痛苦的情况下生下了他,使得姜嫄大惊失色,以为是上帝对她上次祭祀不满意,因而降下灾祸惩罚她。

诞置之隘巷①,牛羊腓字之②。诞置之平林③,会伐平林④。诞置之寒冰,鸟覆翼之。鸟乃去矣,后稷呱矣⑤。实覃实讦⑥,厥声载路⑦。

诞实匍匐⑧,克岐克嶷⑨,以就口食⑩。蓺之荏菽⑪,荏菽旆旆⑫。禾役穟穟⑬,麻麦幪幪⑭,瓜瓞唪唪⑮。

注释

① 置:弃置。隘巷:狭窄小巷。　② 腓:庇护。字:养育。　③ 平林:平原上的树林。　④ 会:正值,正巧碰上。　⑤ 呱:小儿哭声。　⑥ 实:是。覃:长。讦:大。　⑦ 载:充满。　⑧ 匍匐:手足着地爬行。　⑨ 岐:聪明。嶷(nì):乖巧。　⑩ 就:求、寻找。口食:食物。　⑪ 蓺(yì):种植。荏菽:大豆。　⑫ 旆旆:茂盛状。　⑬ 禾役:禾穗。穟(suì)穟:禾穗饱满下垂状。　⑭ 幪(měng)幪:茂密状。　⑮ 瓞(dié):小瓜。唪(běng)唪:果实累累状。

译文

把他丢在小巷里,牛羊饲养爱护他。把他丢在树林里,正巧有人把树伐。把他丢在寒冰上,大鸟展翅盖住他。后来大鸟飞走了,后稷大哭声哇哇。哭声又长又洪亮,声音响彻大路上。

后稷刚会地上爬,就很聪明有办法,能寻食物能咽下。从小善于种豆荚,豆苗健壮又茂盛。谷穗垂垂往下沉,麻田麦地茂又密,大瓜小瓜结满地。

解读

第三、第四章写后稷出生后发生的一系列神奇故事,以及他从小表现出的农业才能。姜嫄在惊恐之中不得不将这个出生过程显得十分怪异的婴儿丢弃。不料后稷福大命大,扔在小巷,自有牛羊哺育;扔在森林,正遇伐木人路过;扔在冰上,又有大鸟为他遮寒,于是他神迹般生存了下来。就连他的哭声也是异常嘹亮,极不寻常。第四章叙述后稷神奇的事迹。他刚会爬行,就聪慧过人,能够去寻找食物,也知道了农业的重要。他种豆,豆就茂盛;种禾,禾苗就茁壮;种麻麦,麻麦就丰收;种瓜果,果实就累累。

诞后稷之穑①,有相之道②。茀厥丰草③,种之黄茂④。实方实苞⑤,实种实褎⑥。实发实秀⑦,实坚实好⑧。实颖实栗⑨,即有邰家室⑩。

诞降嘉种⑪,维秬维秠⑫,维穈维芑⑬。恒之秬秠⑭,是获是亩⑮。恒之穈芑,是任是负⑯。以归肇祀⑰。

注释

① 穑：收获，指农业劳动。　② 相：帮助。道：方法。③ 茀：同"拂"，拔除。　④ 黄茂：五谷。　⑤ 方：种子开始发芽。苞：小苗将出未出时。　⑥ 种：小苗露出地面。褎(yòu)：禾苗渐渐长高。　⑦ 发：禾发育、拔秆。秀：开始抽穗孕粒。⑧ 坚：谷粒灌浆饱满。好：籽粒均匀，成色很好。　⑨ 颖：禾穗硕大下垂。栗：禾穗众多。　⑩ 即：往。邰：地名，在今陕西武功。家室：定居。　⑪ 降：赐、分发下去。嘉种：良种。　⑫ 秬(jù)：黑黍。秠(pī)：一个黍壳中含有两粒黍米。　⑬ 穈(mén)：一种黏性谷子。芑(qǐ)：一种高粱。　⑭ 恒：通"亘"，到处，满地。　⑮ 获：收获。亩：把收下的庄稼堆在地里。　⑯ 任：挑。负：背。　⑰ 肇：开始。

译文

后稷善于种庄稼，他有增产好方法。先把地里野草除，播下各类好作物。种子发芽已含苞，小苗头须渐长高。舒节拔秆抽了穗，谷粒饱满色泽好。禾穗下垂又繁茂，来到邰地把房造。

后稷推广优良种，秬子秠子是良黍，还有穈谷和高粱。秬秠收获高产量，收割完毕堆垄亩。遍地穈芑已无数，又挑又背忙运输。拿回家去祭先祖。

解读

第五、第六章写后稷长大后对农业生产作出的杰出贡献，详细地记录了后稷在农业上的杰出成就。他耕耘有方，精选良种，铲除杂草，适时播种，所种庄稼一片兴旺。后稷又率领族人到邰地定居,亲自将良种发给大家,并教会了人们如何耕作、收获,整个邰地成了巨大的粮仓,人民安居乐业,这一切都与后稷对农业的伟大贡献分不开。

诞我祀如何?或舂或揄①,或簸或蹂②。释之叟叟③,烝之浮浮④。载谋载惟⑤,取萧祭脂⑥。取羝以軷⑦,载燔载烈⑧,以兴嗣岁⑨。

卬盛于豆⑩,于豆于登⑪。其香始升,上帝居歆⑫。胡臭亶时⑬。后稷肇祀,庶无罪悔⑭,以迄于今。

注释

① 舂:用杵棒在石臼中捣米糠。揄(yóu):把舂好的米从石臼中舀出。 ② 簸:扬去糠皮。蹂:用手搓米,使米更白。 ③ 释:淘米。叟叟:淘米的声音。 ④ 烝:同"蒸"。浮浮:蒸饭时热气上升的样子。 ⑤ 载:则。谋:计划。惟:考虑。 ⑥ 萧:香蒿。脂:牛油。祭祀时用香蒿和牛油合烧,香气远扬。 ⑦ 羝(dī):公羊。軷(bó):剥去羊皮。 ⑧ 燔(fán):把肉放在火里烧。烈:将肉穿起来架在火上烤。 ⑨ 兴:兴旺。嗣岁:来年。 ⑩ 卬:我。豆:古代一种陶制盛肉用食器。 ⑪ 登:瓦制汤碗。 ⑫ 居:语助词。歆:享受。 ⑬ 胡:大。臭(xiù):香气。亶(dǎn):确实。时:好。 ⑭ 庶:事。

译 文

说到祭祀怎么样？有人舂米有人舀，簸糠搓米大家忙。淘米声音嗖嗖响，蒸饭热气喷喷香。又规划来又商量，香蒿牛油和一起。抓只公羊来剥皮，或烧或烤供神享，希望明年更丰饶。

我用陶豆装祭品，陶豆瓦登全装满。香气顿时往上升，上帝安然来尝新。香气浓郁令人醉。自从后稷创祭礼，幸蒙神佑无灾殃，流传至今成风尚。

解 读

第七、第八章写后稷率领族人祭祀上帝的盛况。后稷带领人们虔诚地祭祀上帝，祈求来年取得更大的丰收。祭祀前他们舂谷、搓米、簸糠、淘米、蒸饭、酿酒、燃脂、宰牛、杀羊，一片繁忙景象。从这里也可看到邰地生活的安居和富足。祭品准备就绪以后，将祭品盛放在豆、登中，敬奉上帝。满屋奇香，一片欢腾。全靠了后稷的伟大创造，周族才绵绵不断，逐渐兴旺，终于凤鸣岐山，开创了古代中国最辉煌的一段历史。

全诗通过将神人化、将人神化的手法，塑造了一位人神合一的周人祖先形象。此外，这首诗还具有珍贵的农学史方面的价值，从中可知当时有多种作物——稷、黍、菽、麻、麦、瓜等，每类各有不同的品种；并且摆脱了原始的耕作方式，采取选种、除草、田间管理的耕作技术，也发展了粮食加工、蒸米酿酒、使用油脂等农产品加工技术。这首《生民》史诗，无论从哪一方面来看，都可以被看作《诗经》中成功的作品之一。

常　　武

赫赫明明①，王命卿士②。南仲大祖③，大师皇父④。整我六师⑤，以修我戎⑥。既敬既戒⑦，惠此南国⑧。

王谓尹氏⑨，命程伯休父⑩。左右陈行，戒我师旅。率彼淮浦⑪，省此徐土⑫。不留不处，三事就绪⑬。

赫赫业业⑭，有严天子。王舒保作⑮，匪绍匪游⑯。徐方绎骚⑰，震惊徐方。如雷如霆，徐方震惊。

王奋厥武⑱，如震如怒。进厥虎臣⑲，阚如虓虎⑳。铺敦淮濆㉑，仍执丑虏㉒。截彼淮浦㉓，王师之所。

王旅啴啴㉔，如飞如翰㉕。如江如汉，如山之苞㉖。如川之流，绵绵翼翼㉗。不测不克㉘，濯征徐国㉙。

王犹允塞㉚，徐方既来。徐方既同㉛，天子之功。四方既平，徐方来庭㉜。徐方不回㉝，王曰还归。

注释

① 赫赫:显耀盛大状。明明:明察一切状。 ② 王:周宣王。卿士:周朝廷官员。 ③ 南仲:人名,宣王大臣。大祖:同"太祖",太祖宗庙。 ④ 大师:同"太师",西周最高军事长官。皇父:人名,周宣王大臣。 ⑤ 六师:即六军。 ⑥ 戎:兵器。 ⑦ 敬:同"儆",警戒。 ⑧ 惠:施恩。南国:南方诸国。 ⑨ 尹氏:管理卿士的官。 ⑩ 程伯休父:人名,周宣王大将之一。 ⑪ 率:沿着。淮浦:淮水边。 ⑫ 省:巡视。徐土:徐国,在今安徽境内。 ⑬ 三事:三卿。就绪:各就其业。 ⑭ 业业:举止有威仪状。 ⑮ 舒:徐缓。保作:泰然行进。 ⑯ 匪:非。绍:缓慢。 ⑰ 绎骚:骚动。 ⑱ 厥:其。 ⑲ 进:进军。虎臣:先锋、敢死队。 ⑳ 阚(hǎn)如:老虎发怒状。虓:又作"哮",虎叫。 ㉑ 铺:布阵。敦:屯兵。濆(fén):河边高地。 ㉒ 仍:同"扔",拉。执:捉。丑虏:对俘虏的鄙称。 ㉓ 截:断绝。 ㉔ 啴(tān)啴:人员众多。 ㉕ 翰:高飞。 ㉖ 苞:坚强,不可动摇。 ㉗ 绵绵:连绵不断状。翼翼:威势雄壮。 ㉘ 不测:不可测度。不克:不可急迫。 ㉙ 濯:大。 ㉚ 犹:谋略。允:确实。塞:踏实。 ㉛ 同:一致。 ㉜ 来庭:来朝。 ㉝ 回:违抗。

译文

威武英明察秋毫,周王下令卿士到。南仲来到太祖庙,太师皇父齐听好:快把六军来整顿,修理弓箭和枪刀。提高警惕做准备,要对南国施恩惠。

王令尹氏传下话,程伯休父任司马。士卒左右列好队,命令全军做准备。沿着那条淮水岸,巡到徐国看一看。不必驻守不必留,任毕三卿就回走。

军威赫赫气昂昂,威严庄重周宣王。王师从容向前进,不紧不慢不着忙。徐国闻讯大骚动,全国上下齐惊恐。犹如雷霆来势猛,徐兵震惊心已冷。

宣王奋发真威武,见此情景动大怒。命令虎臣先进军,吼声震天如猛虎。大军布阵淮水边,捕获俘虏一大片。封锁那条淮水岸,王师就地扎营盘。

王师人多声势壮,行动神速如鸟翔。汹涌咆哮如江汉,静如高山不动荡。猛如洪流不可挡,连绵不断多雄壮。神出鬼没不急迫,大战徐国一扫光。

宣王谋略真稳妥,徐国投降来认错。徐方并入我版图,天子功勋结硕果。四面小国已平定,徐君朝拜来王庭。声称徐国不再叛,王命军队凯旋还。

解读

这是一首史诗式作品,描写西周宣王发动的平定徐国叛乱的战役。

全诗六章,用赋的形式叙述了一个完整的故事。第一章写周王下令朝廷大臣积极备战,还未宣布讨伐对象;第二章写任命了作战副统帅,宣布了战略意图和作战方针;第三章写隐蔽接敌、出其不意;第四章写战役过程;第五章则是对周军战斗力和素养的出色总结;最后一章写周军战胜徐国,徐君投降称臣,周军班师的盛况。全诗结构紧密,一气呵成,是《诗经》中最成功的军事题材作品。篇名《常武》没有按惯例来自首句诗文,而是后人根据当时的社会习武风气另取诗名。读这首诗后,使人深感周王军事谋略的高明,确如第六章赞"王犹允塞"。

古人对本诗第五章的兵法原则极为推崇,许多著名的军事家都发扬过这些原则,如《孙子兵法》中就有"其疾如风,其徐如林,侵略如火,不动如山,难知如阴阳,动如雷霆"的说法,显然受到本诗的极大影响。由此可见,《常武》一诗还是中国古代最早的一部兵法。

颂

周　颂

清　庙

於穆清庙①，肃雝显相②。济济多士③，秉文之德④。对越在天⑤，骏奔走在庙⑥。不显不承⑦，无射于人斯⑧。

注释

① 於:感叹词,表示感叹、赞美。穆:庄严华美状。　② 肃雝(yōng):形容态度庄重和顺。显:高贵显赫。相:协助祭祀的公侯。　③ 多士:祭祀时担任各类事务的参与者。　④ 秉:持,执行。文之德:周文王开创的优良传统。　⑤ 对越:报答,颂扬。在天:祖先在天之灵。　⑥ 骏:迅速。奔走:快步走,庙中以奔走为敬。　⑦ 不:语气助词,同"丕"。显:光荣。承:同"烝",赞美之词。　⑧ 无射:不厌弃,受崇敬。

译文

肃穆清明文王庙,肃静雍容助祭人。各位参加祭祀者,秉承文王之美德。颂扬祖先天上灵,操劳奔走在庙中。光荣伟大我先人,永远祭奉受崇敬。

解读

《清庙》是《周颂》的首篇,共八句,是在文王庙内举行祭祀典礼时演唱的颂歌,《毛诗序》《毛诗笺》也都认定是在描写文王庙内举行的祭祀场景,这是很确切的观察。祭祀的主持者很可能是文王之子周公旦。据程俊英先生估计,当时的典礼是周公摄政时举行的文王祭祀。

这首祭歌展示了《周颂》的艺术特色,表现出肃穆虔诚的宗教式氛围。古代人对于他们的祖先神灵,怀有一种真诚的崇拜和信仰,祖先和神在人们的心目中融为一体,人的心灵在祭祀时会得到某种程度的升华和净化,孔子所谓"祭如在,祭神如神在",就反映了祭祀时的心态。整首祭歌篇幅不长,但十分端庄简练,避免了烦琐。古人早就知道烦琐会转移视线,破坏气氛,受制于规则,缩小了内心追求的空间。祭礼本身如此,乐歌同样如此。歌词首先称赞美丽、清净、庄严的文庙,称赞怀着神圣感情来参加祭礼的人们,接着指出前来参加祭祀的人们秉承文王的传统,他们的精神一定与文王同在;他们那迅疾的步履,表达了对文王开创周代事业的尊崇和将这一切世代延续下去的决心。全诗以"无射于人斯"结尾,戛然而止,显示出一种掌控全局的能力。

维　　清

维清缉熙①,文王之典②。肇禋③,迄用有成④,维周之祯⑤。

注释

①维:想念。清:澄清,清明。缉熙:奋发、光明状。 ②典:典章制度。 ③肇:开始。禋(yīn):祭祀。 ④迄:至。用:因此。成:成功。 ⑤维:是。祯:吉祥。

译文

想到清明光辉日,正是文王盛典时。开始举行大祭礼,迄今所有大胜利,都是周朝吉祥至!

解读

这首诗的篇幅不仅在《周颂》中,而且在整部《诗经》中也是最短的,仅18个字。以往解诗者认为该诗本是周武王时代《象舞》中的一种,"象用兵时刺伐之舞"。据唐代孔颖达说,武王制作这个舞蹈和舞曲后,周成王时代仍在演唱。清初姚际恒强调,对于周朝来说,"文王虽未尝无武功,而武功岂足以尽文王?文王之德至矣",也就是说,文王的贡献是"文",武王的贡献才是"武"。

正如程俊英先生所说,"此诗只五句而含义较多、较深","语言简练,是它的特点"。周文王是周朝的奠基开国之君,特别是他继承先祖功业,以稳妥的策略发展壮大了周的势力范围,为后来武王从军事上灭商打下了胜利的基础,所以后人表演象征和炫耀周代武功光芒的《象舞》,一定要提到文王。演奏这首乐歌的目的是盛赞文王制定的法典,正是靠了文王的功业,才使得天下澄清太平,所以诗的开篇就盛称文王的功业,充分肯定文王开始了禋祀昊天的盛典,保佑了周家平治天下的大功。

本诗歌功颂德,语言平实无华,将赞美之意表达得非常充分。

潜

猗与漆沮①,潜有多鱼②。有鳣有鲔③,鲦鲿鰋鲤④。以享以祀,以介景福⑤。

注释

① 猗与:赞叹词。漆、沮:水名,都位于陕西地区。 ② 潜:深藏水中。 ③ 鳣、鲔:鱼名,前者为大鲤鱼,后者为类似鲤鱼的大鱼。 ④ 鲦:鱼名,即白丝鱼。鲿:鱼名,即扬鱼,又名黄颊鱼。鰋(yǎn):鱼名,即鲇鱼。 ⑤ 介:请求。景:大。

译文

漆水沮水景色美,许多鱼儿深水藏。既有鳣鱼和鲔鱼,还有鰋鲤和鲦鲿。捕鱼贡献给祭祀,祈求上天把福降。

解读

这是《周颂》中篇幅第二短的一首诗,内容反映了周王在冬、春两季亲自主持的献鱼祭祀仪式。后人根据《礼记·月令》的记载,用秦汉时代的规定来解释周代祭祀的过程,在方法上明显不合理。清初姚际恒很认真地指出了其中存在的最主要的四个误区:以秦《月令》释周《诗》,一诗当冬秋两用,鲔在"六鱼"之内而云春献鲔,冬月鲔已不潜等。但即便如此,以大鱼为祭品是历史悠久的一个传统,这一点还是应该肯定的。

全诗只有六句。前两句指出了鱼的出产地;中间两句以六种大鱼说明了鱼之"多",这些鱼很可能都已经是人工饲养的了;最后两句说明了祭祀的目的。

全诗文字简练,语言明快,几乎没有什么艺术手法,非常质朴。但若仔细品味,却会感到一种古拙的美。尤其是"鲦鲿鰋鲤"一句,并列四种鱼名,已属堆砌式的铺陈句式,似可视为汉赋句法的滥觞,对后代某些爱出奇句的诗人产生过影响。如扬雄《长杨赋》的"捕熊罴豪猪,虎豹狖玃,狐兔麋鹿"等。

鲁 颂

駉

　　駉駉牡马①,在坰之野②。薄言駉者③,有骄有皇④,有骊有黄⑤,以车彭彭⑥。思无疆,思马斯臧⑦。

　　駉駉牡马,在坰之野。薄言駉者,有骓有駓⑧,有骍有骐⑨,以车伾伾⑩。思无期,思马斯才。

　　駉駉牡马,在坰之野。薄言駉者,有驒有骆⑪,有骝有雒⑫,以车绎绎⑬,思无斁⑭,思马斯作⑮。

　　駉駉牡马,在坰之野。薄言駉者,有骃有騢⑯,有驔有鱼⑰,以车祛祛⑱。思无邪,思马斯徂⑲。

注释
① 駉(jiōnɡ)駉:马膘肥体壮。牡马:公马。　② 坰(jiōnɡ):远处的郊野。　③ 薄言:语助词,有勉励、赞叹的意思。　④ 骓(yù):黑马白胯。皇:同"騜",黄白色马。　⑤ 骊:纯黑色马。

黄:黄赤色马。 ⑥以车:驾车。彭彭:强壮有力状。 ⑦思:语首助词。斯:那样。臧:优良,驯服。 ⑧雅:苍白杂色马。駓(pī):黄白杂色马。 ⑨骍:赤黄色马。骐:青黑色马。 ⑩伾(pī)伾:有力状。 ⑪驒(tuó):青黑底色上有白鳞花纹的马。骆:白身黑鬃马。 ⑫骝(liú):红身黑鬃马。雒(luò):黑身白鬃马。 ⑬绎绎:跑得飞快状。 ⑭致:厌倦。 ⑮作:腾跃。 ⑯骃:浅黑和白色相杂的马。騢:红白杂色马。 ⑰驔(diàn):黑身黄背马。鱼:两眼眶有白圈的马。 ⑱祛祛:强健状。 ⑲徂:善于行走。

译文

膘肥体壮大公马,在那远郊荒野上。如此强壮大公马,骊马边上是黄马,还有䮖马和黄马,用来拉车力气大。鲁公深谋又远虑,才有良马美无双。

膘肥体壮大公马,在那远郊荒野上。如此矫健大公马,雅马边上是駓马,还有骍马和骐马,拉车力大又潇洒。鲁公胸中有远计,马方成材成大器。

膘肥体壮大公马,在那远郊荒野上。如此强悍大公马,驒马边上是骆马,还有骝马和雒马,用来拉车能快跑。鲁公深思又熟虑,马才撒欢腾跃起。

膘肥体壮大公马,在那远郊荒野上。如此健美大公马,骃马边上是騢马,还有驔马和鱼马,拉车千里不会垮。鲁公妙计是正道,马也善行能远跑。

解 读

这是一首群马赞美诗,通过赞马也赞美了鲁公的政绩。全诗四章,每章写一类马,共写了四类马。四章结构相同。首两句重复,反复颂扬;中间四句实写,描绘细致,句法工整;末两句赞叹,振起全篇。本诗是鲁人为歌颂鲁僖公重视马政而作,因通篇写马,故被后人称为咏马诗之祖。

本诗首两句为第一层,描写牧场和马的形体。中间四句描绘马的毛色和用途,为第二层。末两句是赞美鲁公的马政,同时将该类马的优点作了集中概括。全诗四章共描写了四类十六色马。第一章是白、黑、黄、赤四色良马,相互错杂,绚丽多彩。第二章是四种杂色战马,色彩映视,鲜明夺目。第三章是白鳞黑底、白身黑鬃、红身黑鬃、黑身白鬃四色猎马。第四章是浅黑带白色、红白杂色、黑身黄背、眼眶有白圈四色力马。本诗描绘马群的壮大、马匹的蕃盛,就是歌颂号称中兴之君的鲁僖公重视马政,歌颂鲁国的富强。《诗经》写马的佳句很多,但是通篇写马的却只有这首。

商　颂

玄　鸟

天命玄鸟①,降而生商②,宅殷土芒芒③。古帝命武汤④,正域彼四方⑤。方命厥后⑥,奄有九有⑦。商之先后⑧,受命不殆⑨,在武丁孙子⑩。武丁孙子,武王靡不胜⑪。龙旂十乘⑫,大糦是承⑬。邦畿千里⑭,维民所止⑮,肇域彼四海⑯。四海来假⑰,来假祁祁⑱,景员维河⑲。殷受命咸宜⑳,百禄是何㉑。

注释

① 玄鸟:黑色鸟,即燕子。　② 商:商族的始祖契,相传由高辛氏妃简狄吞燕卵而生。　③ 宅:定居。殷土:即商族所在地区。芒芒:同"茫茫",广大状。　④ 古:从前。帝:上帝。武汤:即成汤,因有武功,故称武汤,又称武王。　⑤ 正:同"征",征服,治理。　⑥ 方:普遍。后:君主,各部落首领。　⑦ 奄:爰,于是。九有:九域、九州。　⑧ 先后:先王。　⑨ 殆:同"怠",妄自尊大,懈怠。　⑩ 武丁:成汤第九代孙盘庚之弟小乙的儿子,在位五十九年。此处两见"武丁孙子",恐有衍句。此句

意为"武王孙子,武丁靡不胜"。　⑪ 靡不胜:没有不胜的。
⑫ 龙旂(qí):画着蛟龙的仪卫用旗。十乘(shèng):兵车十辆。
⑬ 大糦:即大祭。糦,同"饎",黍米和稷米。承:奉、上供。
⑭ 邦畿:国家王都所在的疆界。　⑮ 维:是。止:居住,为人民居住的场所。　⑯ 肇域:开辟的疆域。　⑰ 来假(gé):到达,来朝见。　⑱ 祁祁:众多状。　⑲ 景:商地山名,所谓"商汤有景亳之命"。员:同"陨",四周。　⑳ 受命:接受上天之命。咸宜:都很适宜。　㉑ 百禄:多福。何:同"荷",担负,承受。

译文

上天赐命黑色鸟,降临世间生了商,居于殷土大而广。上帝传令给武汤,征服各地管四方。遍令各部诸首领,拥有九州而称王。商朝先王后继前,接受天命不懈怠,武王子孙都一样。武王传到子孙辈,始终前进不后退。威武龙旗车十辆,供奉大馈是仪仗。商朝国土千里广,由民居住不动荡,开拓疆域达四海。各地首领来朝拜,车水马龙各争先,景山四周皆大河。殷受天命不稀罕,福禄永恒万世传。

解读

这是一首由商王武丁以后的殷商后代(据说是春秋时宋国国君)祭祀并颂扬殷高宗武丁的庙堂乐歌。

全诗共二十二句,分四个层次。第一层三句,写商族的来源。关于商的始祖契诞生的神话传说,除见于本诗外,还见于《楚辞·天问》《吕氏春秋·音初》《史记·殷本纪》等书。第二层四句,写成汤立国。第三层七句,写武丁中兴。第四层八句,写商朝的强大。总体来看,全诗从神话开始,以"天命"为线索一以贯之,带有浓厚的神话色彩,非常有吸引力。此外,这首祭祀诗写得庄严肃穆,反映了殷商王朝全盛时对自己的统治充满信心,如"宅殷土芒芒""正域彼四方""奄有九有""武王靡不胜""邦畿千里""肇域彼四海""四海来假""百禄是何"等,气势雄壮,音调响亮。程俊英先生认为,这首诗的气韵,浑穆有之,奇秀不够,隽永更差了一些。从同样反映上古历史情况的角度,它与《生民》相似,但诗的意境趣味则不能与《生民》相比。

附录

《国风》篇目、年代、地域简介

《国风》又称"十五《国风》",其创作素材及成文基础,是"二南"和 13 个诸侯国所在地区产生和流行的民歌,共 160 篇。

《周南》《召南》共 25 篇,合称"二南",创作时间应在西周末、东周初。"周",指周原,就是《周颂·闵宫》中"实维大王,居岐之阳"所在地,位于雍州岐山(今陕西宝鸡市东北部),周朝建立后武王将其分给周公旦作为采邑。"召",周公之弟召公奭,也可指分给他作为采邑的地名,具体位置或在周朝畿内,或在岐周故墟。"南"的意思较为复杂。《史记》所说的"岐山之阳"是"南",朱熹《诗集传》所说的"南国"也是"南",位置在江、沱、汝、汉之间的"南方诸侯之国"(约今河南及湖北的襄阳、宜昌、江陵一带)。顾炎武《四诗》则认为"南"非指方位:"《南》也,非《风》也……《南》《豳》《雅》《颂》为四诗,而列国之《风》附焉,此诗之本序也。"梁启超《要籍解题及其读法·诗经》认为:"《南》为当时一种音乐之名,其节奏盖自树一体,与《雅》《颂》不同。……《南》似为一种合唱的音乐,于乐终时歌之,歌者不限于乐工。"程俊英《诗经注析》的意见中庸且中肯,可以接受:"既然《周南》《召南》都是以地域作为诗的标目,这两处地方自然也有其地方乐调,列在《风》里并无不妥之处。"毫无疑问的是,"二南"所涉区域应位于"十五《国风》"中的最南部。

《邶风》19 篇,《鄘风》10 篇,《卫风》10 篇,一般看作流行于卫地的同一组诗歌,其地域大约在今河北磁县、山东东明、河南安阳、淇县、中牟一带,也就是卫地,即殷商首都所在地牧野。周武王灭殷后,将朝歌一分为三,派子弟兵占领,号称"三监"。朝歌以北为"邶",以东为"鄘",以南为"卫"。《左传》襄公二十九年(前544)吴季札已将采自三地的诗看作同一组诗:"使工为之歌《邶》《鄘》《卫》,曰美哉,是其《卫风》乎!"清代顾炎武也说:"三国同风,无非卫人之作。"《邶风》产生的年代为西周末至平王东迁(前770)后数十年间,《鄘风》的时代略晚于《邶风》60—70年,《卫风》则早于《鄘风》60年左右。《卫风·硕人》是该组诗中最早的一首,《载驰》产生的时代可能最晚。

《王风》10篇,是东周初年流行于周王室所在地洛阳、孟县、沁阳、偃师、巩县、温县一带的诗歌。平王东迁后,周室衰微,地位下降,与列国相差无几。顾炎武说"其采于商之故都者则系之《邶》《鄘》《卫》,其采于东都者则系之《王》",故称《王风》。

《郑风》21篇,是东周至春秋间郑国地区流传的作品,内容大多涉及男女情爱,生动活泼,所以《论语·卫灵公》记载孔子有"郑声淫"的评价。西周宣王(前827—前782年在位)时封其弟郑桓公领地在今华州西北的棫林(陕西西安附近),平王东迁开始东周后,郑武公夺取桧、虢二地,领地即移至今河南新郑地区。

《齐风》11篇,是东周初年至春秋时期流传于齐国地区,即今山东北部和中部一带的诗歌。西周建立后,武王封姜太公于齐,开始在营丘,后迁至薄姑,最后到了临淄,相当于今山东临淄、昌乐、博兴境内。春秋时,齐地人口众多,工商业发达,一直到战国,都是强大的地方。

《魏风》7篇,魏国是西周同姓诸侯,旧址在今山西芮城东北一带,周惠王十六年(前661)亡于晋献公。所存诗均作于魏亡前的春秋初年。

《唐风》12篇,作于东周、春秋之际,地域包括今山西太原、翼城、曲沃、绛县、闻喜等地。唐是周成王之弟叔虞的封国,境内有晋水,所以程俊英先生说:"《唐风》就是《晋风》……唐后来国号改称晋。"

《秦风》10篇,作于东周末至春秋中期。西周孝王时,秦地在西犬丘(今甘肃天水附近)。平王东迁时,秦仲之孙秦襄公护送有功,被封为诸侯,封地扩大到陕西和甘肃东部。

《陈风》10篇,产生的年代估计在春秋中期至末期。周朝建立后,武王封舜后妫满于陈地,建都宛丘,即今河南淮阳、柘城及安徽亳州一带。

《桧风》4篇,都是西周时作品。桧,又作"郐",在今河南新密东北一带,是一个与郑国相邻的小国,东周平王二年(前769)亡于郑桓公。

《曹风》4篇,成于春秋时代,其地域在今山东西南部菏泽一带,是一个位于齐、晋大国之间的小国。

《豳风》7篇,全部产生于西周时代,是《国风》中最早的诗。豳,又写作"邠",故地在今陕西旬邑、彬州一带,原来是周族祖先公刘开发的,平王东迁以后,成为秦国的领土。顾炎武认为

"《豳》诗不属于《国风》,周世之国无豳,此非太师所采"。程俊英也奇怪为什么"最早的诗却置于《国风》的最末"。研究的结论是,把《豳风》置于《国风》和《雅》《颂》之间,可能会起到一种承上启下的桥梁作用。

后 记

1990年春,先父钱伯城设计主编"中国诗歌宝库",目的是反映"中国诗歌的较为完整的全貌"(见《主编的话》),由我编写的《诗经选》就是其中的一种。书稿完成后,中华书局(香港)有限公司于1991年10月出版了盒装繁体配图本,并增印多次。1993年8月,上海书店引进版权,在上海出版了"中国诗歌宝库"的简装简体配图本,也连续印刷了两次。这说明,全国各地读者对中国古典诗歌精品具有广泛而持续的需求,主编和各位编写者的工作为满足这一需求提供了正面助力,这当然是令人欣慰的。

2023年9月,上海社会科学院出版社编辑包纯睿女士与我谈及她的出版社有意把我的《诗经选》改编成《诗经赏读》,并纳入一套新丛书之中,但原书的篇幅略小,需要增加选诗的数量,注释、译文、解读也要根据新丛书的要求作若干修正。我虽然正有其他的写作安排,仍应承下来,因为这是一个既可发扬优秀传统文化、提高文化自信自豪,又能满足人们多元阅读需求的好建议,加之这个选题与我本人还有与长辈直接相连的情感渊源,所以我愿意接续已中断多年的文思,为读者贡献一个新的《诗经》选本。

新版选诗篇目有所调整与增加,总量达91首,种类比以前更加丰满和全面;又根据出版社的建议,重写了导言,调整了体例,取消了音符和韵部提示。对原作所选诗的注释、译文、解读和附录作了大量修改,补充了资料,订正了失误,与推出一部新作的要求基本相符。

三十年过去,若白驹之过隙,家父已经作古,当年共襄其事的昌平兄竟成亡友,自己亦入老境。死生契阔,物是人非,夫复何言?感慨之余,自应振作。谨以此书的新版,告慰先父当年策划的辛劳与慧眼,迎接民族文化兴旺繁荣的又一个春天。

2024 年春

图书在版编目(CIP)数据

诗经赏读 / 钱杭编著. -- 上海 : 上海社会科学院出版社, 2025. -- ISBN 978-7-5520-4512-3

Ⅰ. I207.222

中国国家版本馆 CIP 数据核字第 2024V3K690 号

诗经赏读

策　　划：	包纯睿　邱爱园
编　　著：	钱　杭
责任编辑：	陈如江　包纯睿
封面设计：	周清华
出版发行：	上海社会科学院出版社
	上海顺昌路 622 号　邮编 200025
	电话总机 021-63315947　销售热线 021-53063735
	https://cbs.sass.org.cn　E-mail: sassp@sassp.cn
照　　排：	南京理工出版信息技术有限公司
印　　刷：	苏州市越洋印刷有限公司
开　　本：	787 毫米×1092 毫米　1/32
印　　张：	8.5
插　　页：	4
字　　数：	176 千
版　　次：	2025 年 6 月第 1 版　2025 年 6 月第 1 次印刷

ISBN 978-7-5520-4512-3/I・548　　　　　定价:58.00 元

版权所有　翻印必究

西方名家随笔系列	**瓦尔登湖**	
	[美] 亨利·戴维·梭罗 / 著　潘庆舲 / 译	
	蒙田随笔	
	[法] 米歇尔·德·蒙田 / 著　朱子仪 / 译	
	一个孤独漫步者的遐想	
	[法] 让-雅克·卢梭 / 著　袁筱一 / 译	
	培根论人生	
	[英] 弗朗西斯·培根 / 著　张和声　程郁 / 译	
中国古典诗词系列	**诗经赏读**	
	钱 杭 / 编著	
	唐诗赏读	
	孙琴安 / 编著	
	宋诗赏读	
	赵山林　潘裕民 / 编著	
	宋词赏读	
	陈如江 / 编著	

随身读经典